Webster & Jones

Agents du 102

Scénario : Jean-Marc Lainé

Dessins et couleurs : Laurent Zimny

Sur une idée de : Tony Larivière

DARGAUD
BENELUX

Merci au docteur Henry Jones Junior, merci à Hans Zarkov et Dale Arden,
merci à Svetlana X et à John Carter, et merci à Hubert Bonisseur de La Bath (version du jardin).
Merci à Tony pour l'idée et à Nicolas pour les premiers dessins.
Merci à Olivier, Frédéric et Gaétan pour leurs premiers commentaires.

Jean-Marc Lainé

Merci à François D., Damien R., Bertrand J., Alain M., Tony L., Fred B., Franck B.,
Jean-David M., Stephan F., Duncan R., Popeye C., Lucie C., Arnaud P., Régis H., Gwendal L., Nicolas H.,
Geof D., Frank E., Antonio L., Numa S., Éric H., Enrico M., Olivier T., Antoine O.,
Laurent D., Jean-Philippe P., Jean-Louis T., Olivier N., Michael A. O., Michael A., John A.,
Paolo L., Bastien Q. et Laurent L. pour leur écoute, leurs conseils et leur bienveillance.
Merci à mon « vieil » ami Fabien J.

Merci, Valérie, pour ta confiance.

Merci, Christine M., pour ta patience, ta clairvoyance et tout le reste... Quelle aventure !

Je dédie ce livre à mes enfants, Anna et Léonard,

et à mes parents...

Laurent Zimny

Conception graphique : Philippe Ravon

Certifié PEFC
Ce produit est issu de forêts gérées durablement et de sources contrôlées
PEFC 10-31-1800
www.pefc-france.org

www.dargaud.com

PREMIÈRE ÉDITION

Achevé d'imprimer en août 2023 • Dépôt légal : septembre 2023 • D/2023/0086/277 • ISBN 978-2-5051-1156-6
Imprimé et relié en France par PPO GRAPHIC, 10 rue de la Croix Martre, 91120 Palaiseau

1956... QUELQUE PART AU-DESSUS DE LA FORÊT AMAZONIENNE...

VRAIMENT, JE NE SAIS PAS CE QUE JE FAIS ICI...
A-TOMK
A-TOMK
JE SUIS UN BUREAUCRATE, MOI, PAS UN HOMME DE TERRAIN. JE DÉTESTE ÊTRE LOIN DU BUREAU.
ET MOI, JE DÉTESTE PRENDRE L'AVION.
LÀ ! REGARDEZ ! QU'EST-CE QUE C'EST ?

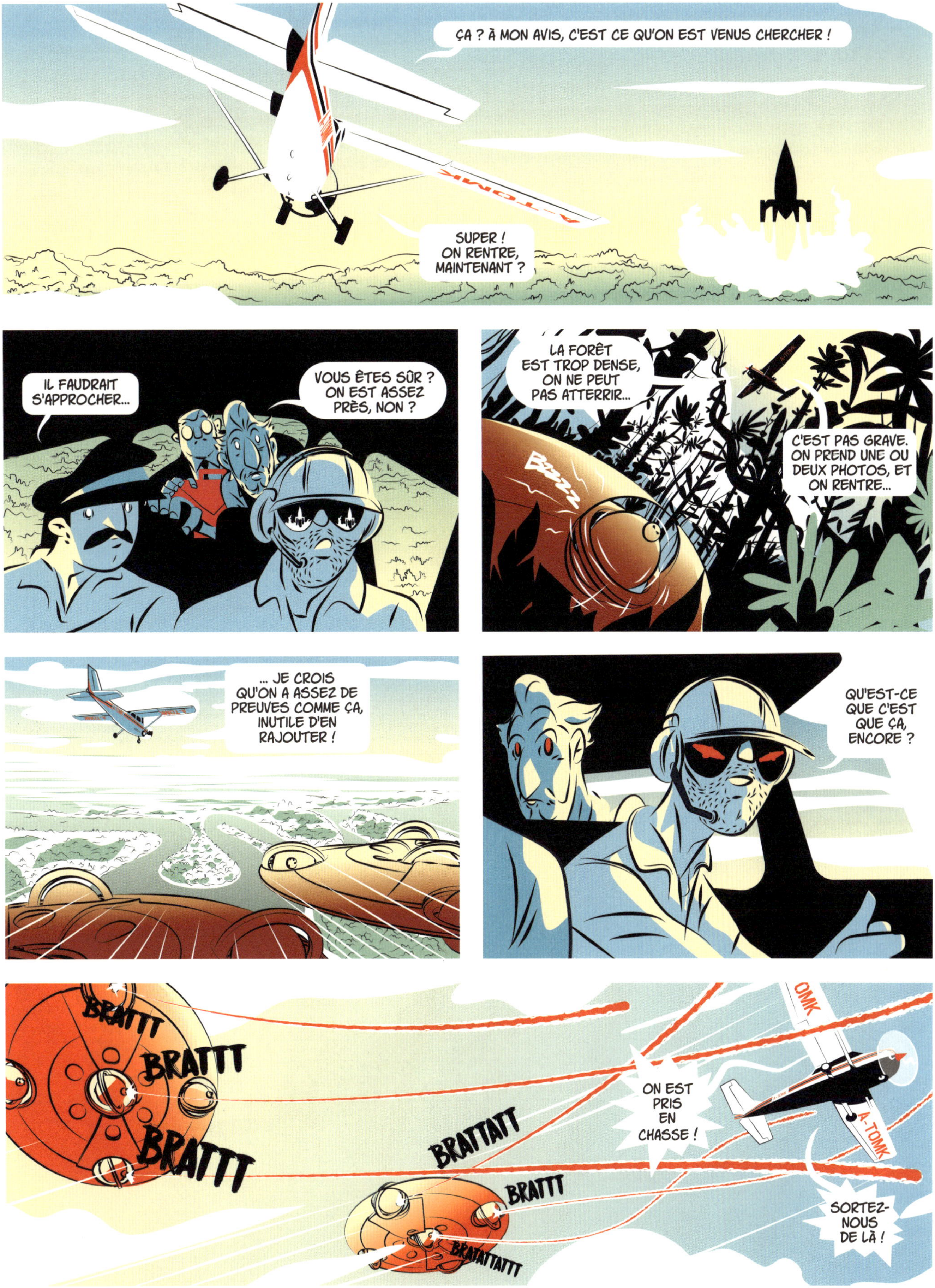
ÇA ? À MON AVIS, C'EST CE QU'ON EST VENUS CHERCHER !
A-TOMK
SUPER ! ON RENTRE, MAINTENANT ?
IL FAUDRAIT S'APPROCHER...
VOUS ÊTES SÛR ? ON EST ASSEZ PRÈS, NON ?
LA FORÊT EST TROP DENSE, ON NE PEUT PAS ATTERRIR...
BZZZ
C'EST PAS GRAVE. ON PREND UNE OU DEUX PHOTOS, ET ON RENTRE...
... JE CROIS QU'ON A ASSEZ DE PREUVES COMME ÇA, INUTILE D'EN RAJOUTER !
QU'EST-CE QUE C'EST QUE ÇA, ENCORE ?
BRATTT
BRATTT
BRATTT
BRATTATT
BRATTT
BRATATTATTT
ON EST PRIS EN CHASSE !
OMK
A-TOMK
SORTEZ-NOUS DE LÀ !

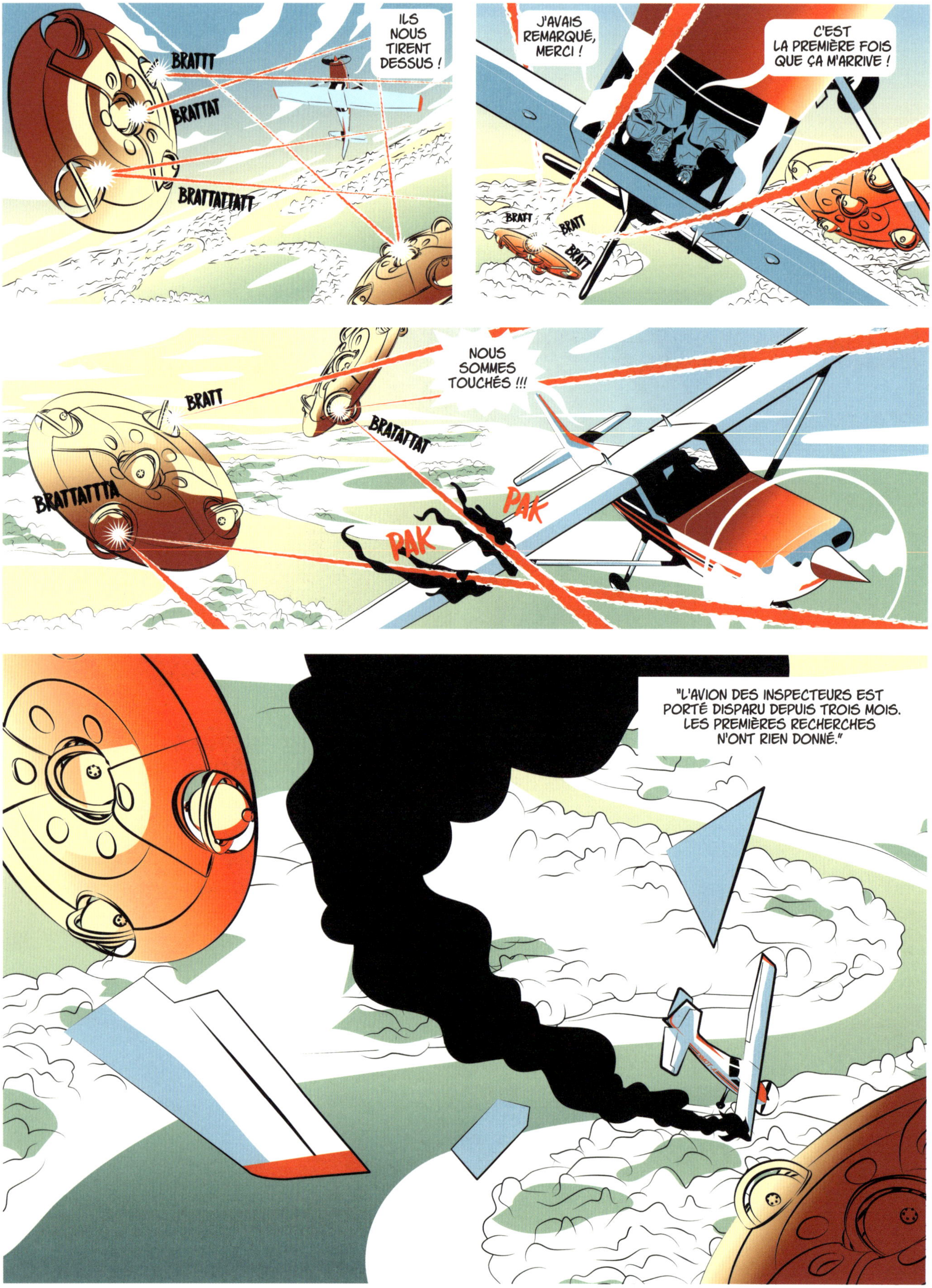

BRATTT
BRATTAT
BRATTATTATT
ILS NOUS TIRENT DESSUS !
J'AVAIS REMARQUÉ, MERCI !
C'EST LA PREMIÈRE FOIS QUE ÇA M'ARRIVE !
BRATT
BRATT
BRATT
BRATT
BRATATTAT
BRATTATTTA
NOUS SOMMES TOUCHÉS !!!
PAK
PAK
"L'AVION DES INSPECTEURS EST PORTÉ DISPARU DEPUIS TROIS MOIS. LES PREMIÈRES RECHERCHES N'ONT RIEN DONNÉ."

C'EST DANS CETTE RÉGION QUE L'APPAREIL S'EST ABÎMÉ...
... ET D'APRÈS LES RELEVÉS, NOUS NE SOMMES PLUS TRÈS LOIN DE SON POINT DE CHUTE !
NOUS ALLONS ACCOSTER DANS UNE HEURE. LE TEMPS DE DÉCHARGER LE MATÉRIEL, ET NOUS POURRONS NOUS METTRE EN CHEMIN.
JE VOUS RAPPELLE, CAPITAINE WEBSTER, QUE CECI EST UNE MISSION DE SAUVETAGE, PAS UNE OPÉRATION MILITAIRE !
ET JE VOUS RAPPELLE, MA JOLIE, QUE VOUS N'ÊTES QUE L'AGENT DE LIAISON DU GOUVERNEMENT. SI LES CHOSES TOURNENT AU VINAIGRE, VOUS SEREZ BIEN CONTENTE QUE DES MILITAIRES SOIENT LÀ POUR VEILLER SUR VOTRE PETIT DERRIÈRE.
JE NE SUIS PAS VOTRE "JOLIE", CAPITAINE WEBSTER ! JE SUIS L'AGENT SPÉCIAL BETTY JONES...
... AGENT DE LIAISON DU DÉPARTEMENT DE LA DÉFENSE, ET JE VOUS CONSEILLE DE NE PAS L'OUBLIER !
AUX ORDRES DES RONDS-DE-CUIR DE WASHINGTON !
NE LE PRENEZ PAS SUR CE TON, CAPITAINE ! NOUS NE SOMMES PAS LÀ POUR DÉFOURAILLER DANS TOUS LES SENS ET CASSER DU BOLCHEVIQUE !
PARDI ! SI ON CROISE NOS AMIS LES ROUGES, ON VA LEUR OFFRIR UN CAFÉ ET DES COLLIERS DE FLEURS !
VOUS POUVEZ LE PRENDRE À LA LÉGÈRE TANT QUE VOUS VOULEZ, CAPITAINE...

... MAIS CES EXPERTS ENQUÊTAIENT SUR DES DOSSIERS SENSIBLES QUI N'ONT RIEN À VOIR AVEC LA POLITIQUE EXTÉRIEURE !
SI VOUS LE DITES, MAM'ZELLE JONES...
LÀ-HAUT ! REGARDEZ !
SEIGNEUR... C'EST L'AVION DES INSPECTEURS...
A-TOMK
IL N'Y A AUCUN SURVIVANT...
JE RÉCUPÈRE LES DOSSIERS...

A-TOMK
IL Y A ÉGALEMENT UN APPAREIL PHOTO. ON POURRA SANS DOUTE DÉVELOPPER LA PELLICULE !
C'EST TOUT CE QUE J'AI TROUVÉ.
C'EST LE RAPPORT QU'ILS N'ONT PAS EU LE TEMPS DE REMETTRE. IL CONTIENT DES INFORMATIONS NOUVELLES, QUI...
QUI POURRONT ATTENDRE, MA JOLIE. ON N'A PAS LE TEMPS DE FAIRE SALON DE LECTURE.
NE M'APPELEZ PAS "MA JO..."
ALLEZ, LES GARS ! ON Y VA...
??

VOUS VOUS ÉTIEZ PERDUE, MA JOLIE ? LES PAPIERS QU'ON A TROUVÉS SONT PASSIONNANTS À CE POINT ?
J'AI EU... J'AI EU L'IMPRESSION QU'ON ÉTAIT SUIVIS...
ON EST DANS LA JUNGLE, MA PETITE DAME. ÇA FAIT CET EFFET-LÀ À TOUT LE MONDE !
JE CROIS QU'ON EST ENFIN ARRIVÉS !
[- Bzzzzz - Contact -]
J'AI L'IMPRESSION QU'IL N'Y A PLUS ÂME QUI VIVE, ICI.
zoom 1X
[- Analyse en cours -]
zoom 10X
IL N'Y A QUE NOUS, DANS LE COIN.

TIENS, TIENS...
ALLONS VOIR CETTE INSTALLATION DE PLUS PRÈS.
CETTE BASE N'EST RÉPERTORIÉE NULLE PART.
LES INSPECTEURS SOUPÇONNAIENT L'EXISTENCE D'UNE TELLE STRUCTURE. LEUR AVION S'EST ÉCRASÉ À PROXIMITÉ, CE QUI LAISSERAIT PENSER QU'ILS ONT DÉCOUVERT SON EMPLACEMENT PEU AVANT L'ACCIDENT.
1
4

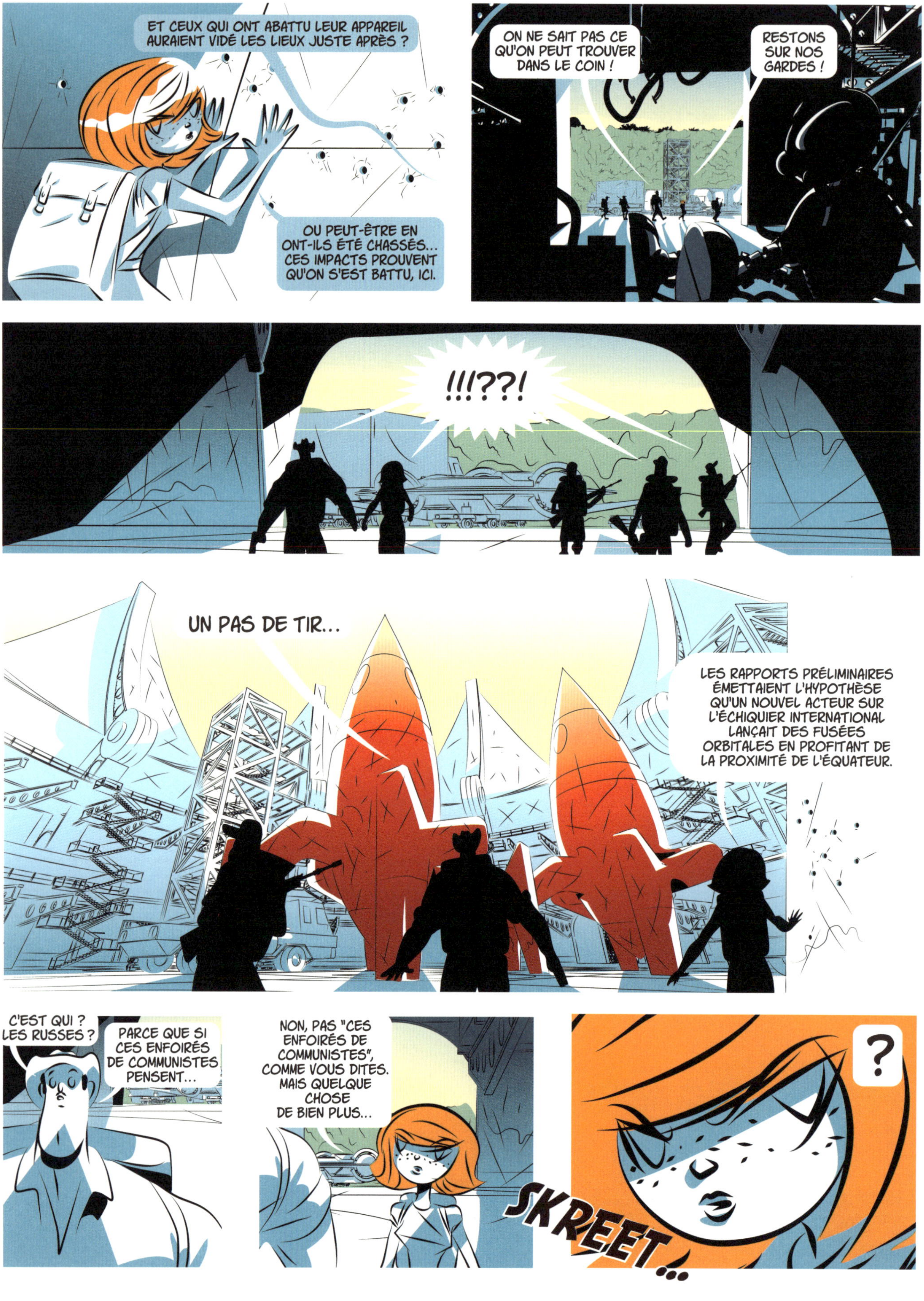
ET CEUX QUI ONT ABATTU LEUR APPAREIL AURAIENT VIDÉ LES LIEUX JUSTE APRÈS ?
OU PEUT-ÊTRE EN ONT-ILS ÉTÉ CHASSÉS... CES IMPACTS PROUVENT QU'ON S'EST BATTU, ICI.
ON NE SAIT PAS CE QU'ON PEUT TROUVER DANS LE COIN !
RESTONS SUR NOS GARDES !
!!!??!
UN PAS DE TIR...
LES RAPPORTS PRÉLIMINAIRES ÉMETTAIENT L'HYPOTHÈSE QU'UN NOUVEL ACTEUR SUR L'ÉCHIQUIER INTERNATIONAL LANÇAIT DES FUSÉES ORBITALES EN PROFITANT DE LA PROXIMITÉ DE L'ÉQUATEUR.
C'EST QUI ? LES RUSSES ?
PARCE QUE SI CES ENFOIRÉS DE COMMUNISTES PENSENT...
NON, PAS "CES ENFOIRÉS DE COMMUNISTES", COMME VOUS DITES. MAIS QUELQUE CHOSE DE BIEN PLUS...
?
SKREET...

[-CROOOOOIIIII-BZZZZZZZT-]
INTRUS... INTRUS...
[-KZZZZZZT-]
QU'EST-CE QUE C'EST QUE CE TRUC-LÀ ?
ON S'EN FOUT ! DESCENDEZ-LE !
BLAM
POF
BAMF
ARG !
PAF
AÏE... QU'EST-CE QUI... VIENT DE SE PASSER ?
VITE, WALLACE... LEVEZ-VOUS ! IL NE FAUT PAS RESTER LÀ !
IL FAUT... ARRÊTER... CETTE CHOSE...
JE SAIS, WALLACE, ET JE CROIS SAVOIR COMMENT FAIRE...

SUIVEZ-MOI ! VITE !
LÀ-HAUT !
IL FAUT ATTIRER LE ROBOT DANS UN ESPACE CONFINÉ !
MAIS...
[-BZZZZZZT -] INTRUS... CHERCHER... INTRUS... [- KZZZZZT -]
Y A PAS DE "MAIS" !
IL ARRIVE ! TENEZ-VOUS PRÊT !
MAINTENANT !!!
TCHAK
[-BZZZZZZT -] INTRUS... INTRUS... ÉLIMINER... [- KZZZZZT -]
CLANK
BLANG
[-BZZZZZZT -] ALERTE ! ALERTE ! ALERTE ! [- KZZZZZT -]

BIEN VU, MA JOLIE !
ÇA A MARCHÉ !
TKZIIIT
TKZIIIT-ZZIPPTT
[-BZZZZZZT-]
CETTE BASE A ÉTÉ CONSTRUITE PAR DES NAZIS...
ET APPAREMMENT, ILS L'ONT ABANDONNÉE IL N'Y A PAS LONGTEMPS !
LÀ OÙ SE TROUVENT LES AUTRES ROBOTS ?
QUELS AUTRES ROBOTS ?
CELUI QUE NOUS VENONS DE DÉTRUIRE PORTAIT LE NUMÉRO 38. ALORS, CAPITAINE WEBSTER, JE VOUS LE DEMANDE...
ÇA CORRESPOND AUX INFORMATIONS FOURNIES PAR LES RAPPORTS PRÉCÉDENTS.
LES NAZIS SONT TOUJOURS OPÉRATIONNELS. MAIS OÙ ONT-ILS BIEN PU DISPARAÎTRE ?
"... OÙ SONT PASSÉS LES 37 AUTRES ?"

MADEMOISELLE JONES, CAPITAINE WEBSTER…
… MAINTENANT QUE VOUS ÊTES LÀ, NOUS ALLONS POUVOIR COMMENCER LA RÉUNION.
JE VOUS EN PRIE…
VOUS VOILÀ ENFIN TOUS LES DEUX. INSTALLEZ-VOUS.
TRÊVE DE POLITESSES. LE TEMPS NOUS EST COMPTÉ.
VOUS CONNAISSEZ DÉJÀ LA PLUPART D'ENTRE NOUS. PERMETTEZ-MOI DE VOUS PRÉSENTER LE PROFESSEUR CAMERON SMITH, NOTRE EXPERT EN BALISTIQUE.
CAMERON SMITH ? LE NOM NE ME DIT RIEN, MAIS J'AI DÉJÀ VU CE BONHOMME QUELQUE PART…

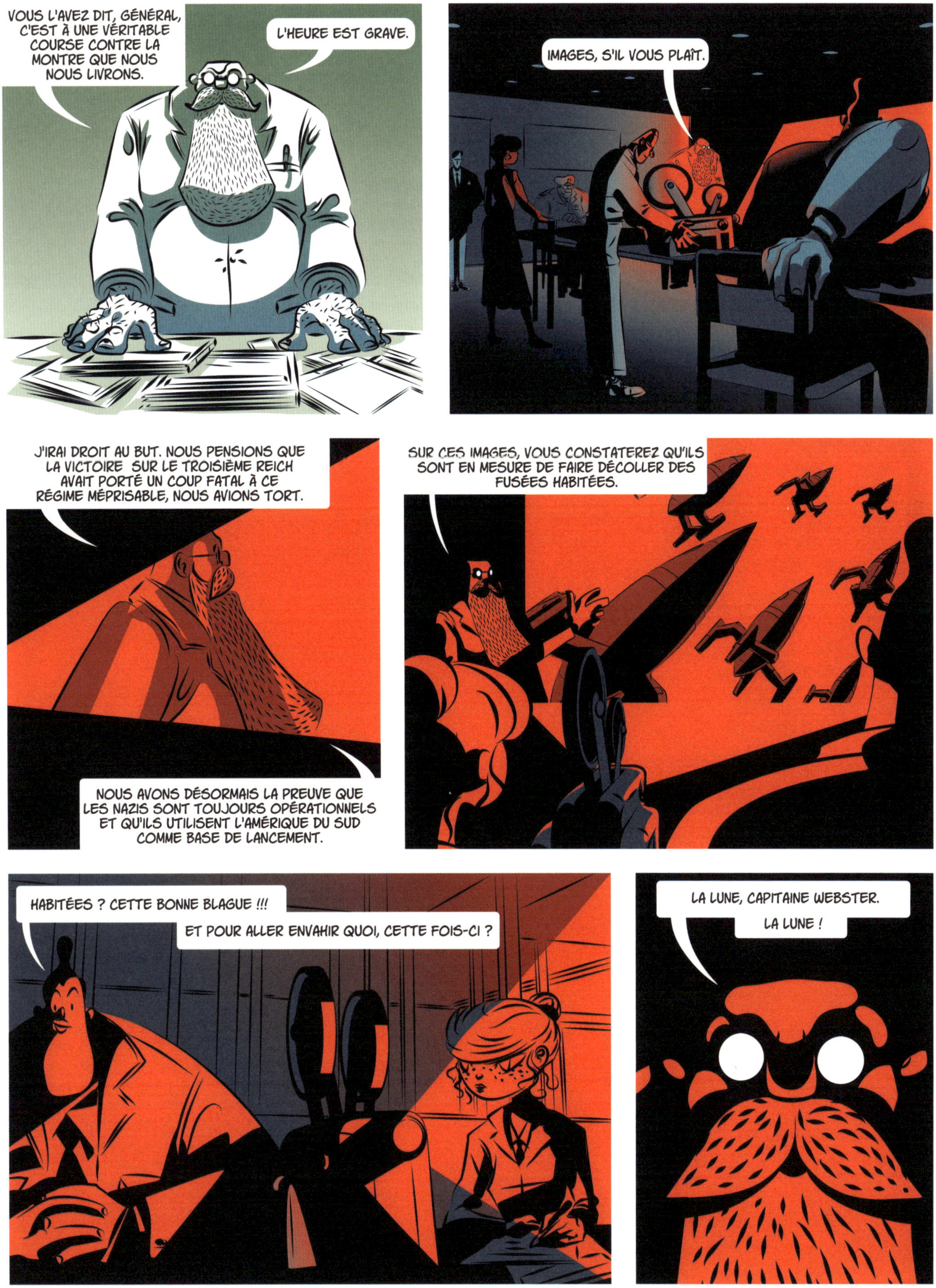

VOUS L'AVEZ DIT, GÉNÉRAL, C'EST À UNE VÉRITABLE COURSE CONTRE LA MONTRE QUE NOUS NOUS LIVRONS.
L'HEURE EST GRAVE.
IMAGES, S'IL VOUS PLAÎT.
J'IRAI DROIT AU BUT. NOUS PENSIONS QUE LA VICTOIRE SUR LE TROISIÈME REICH AVAIT PORTÉ UN COUP FATAL À CE RÉGIME MÉPRISABLE, NOUS AVIONS TORT.
NOUS AVONS DÉSORMAIS LA PREUVE QUE LES NAZIS SONT TOUJOURS OPÉRATIONNELS ET QU'ILS UTILISENT L'AMÉRIQUE DU SUD COMME BASE DE LANCEMENT.
SUR CES IMAGES, VOUS CONSTATEREZ QU'ILS SONT EN MESURE DE FAIRE DÉCOLLER DES FUSÉES HABITÉES.
HABITÉES ? CETTE BONNE BLAGUE !!!
ET POUR ALLER ENVAHIR QUOI, CETTE FOIS-CI ?
LA LUNE, CAPITAINE WEBSTER.
LA LUNE !

LA LUNE ?
C'EST POSSIBLE ?
INCROYABLE !
LE PAS DE TIR QUE NOUS AVONS TROUVÉ, C'EST POUR ALLER SUR LA LUNE ? ON NAGE EN PLEINE SCIENCE-FICTION !
LES NAZIS, ÇA OSE TOUT, C'EST MÊME À ÇA QU'ON LES RECONNAÎT...
MAIS OÙ AI-JE DÉJÀ VU CE CAMERON SMITH ?
QUELQUE CHOSE NE VA PAS...
NOUS SAVONS QU'ILS EMBARQUENT DES PASSAGERS DANS CES FUSÉES BÂTIES SUR LA TECHNOLOGIE DES V2. LEUR NOMBRE EST CONSÉQUENT. NOUS EN CONCLUONS DONC QU'ILS ONT SANS DOUTE INSTALLÉ UNE BASE SUR LA SURFACE LUNAIRE !
IL EST TEMPS DE RÉAGIR ! L'AMÉRIQUE NE PEUT RESTER EN RETRAIT !
NOUS DEVONS SAVOIR CE QUE CES NAZIS PRÉPARENT.
NOUS ALLONS MONTER NOTRE PROPRE EXPÉDITION. QUE VOUS COMMANDEREZ, CAPITAINE WEBSTER.
?!
QUI, MOI ? DANS L'ESPACE ?
PARDI ! J'AI DONC UNE TÊTE À JOUER LES MARTIENS ?!
VOUS PARTEZ DANS UNE SEMAINE.

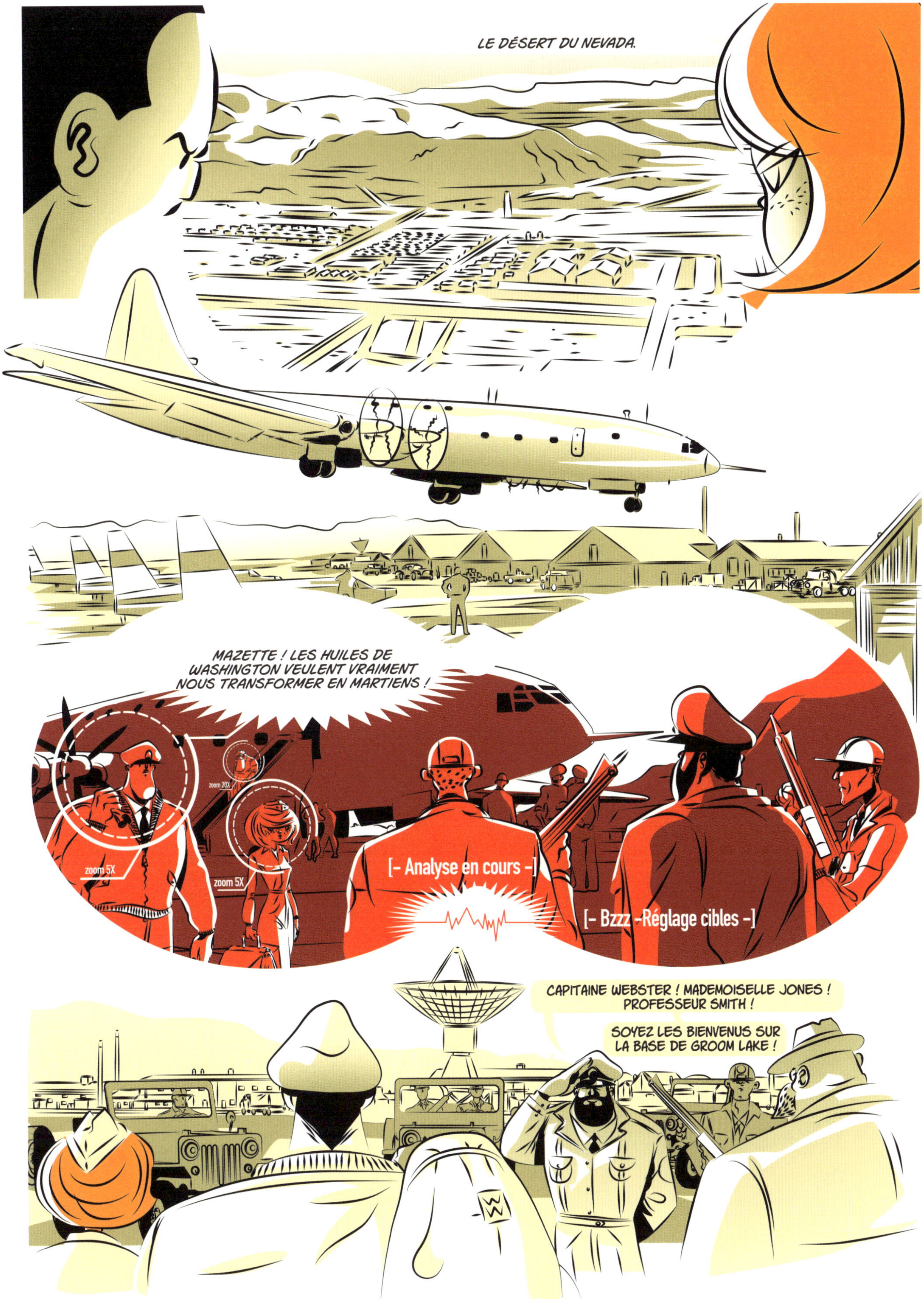
LE DÉSERT DU NEVADA.
MAZETTE ! LES HUILES DE WASHINGTON VEULENT VRAIMENT NOUS TRANSFORMER EN MARTIENS !
zoom 20X
zoom 5X
zoom 5X
[- Analyse en cours -]
[- Bzzz -Réglage cibles -]
CAPITAINE WEBSTER ! MADEMOISELLE JONES ! PROFESSEUR SMITH !
SOYEZ LES BIENVENUS SUR LA BASE DE GROOM LAKE !

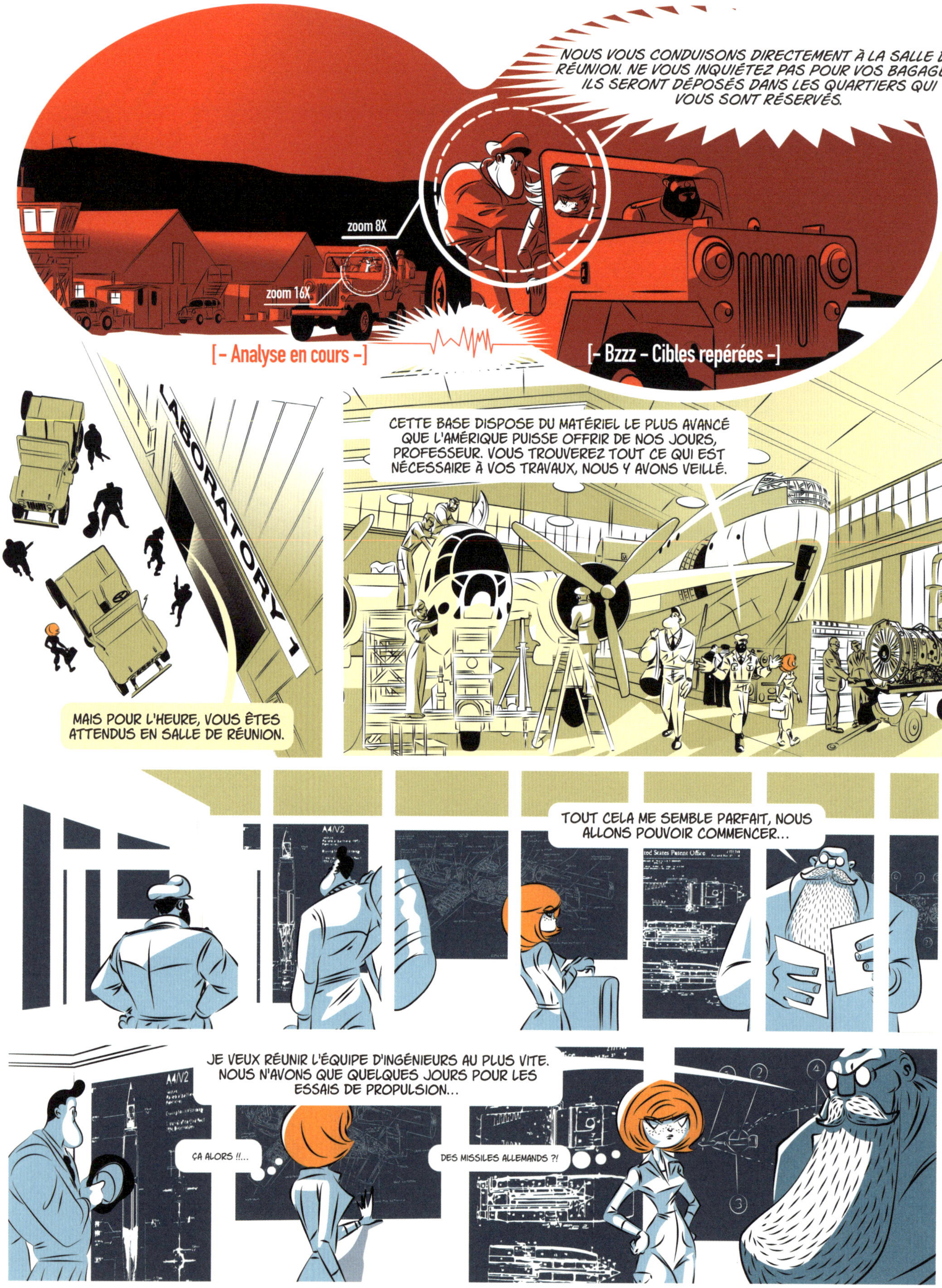
NOUS VOUS CONDUISONS DIRECTEMENT À LA SALLE DE RÉUNION. NE VOUS INQUIÉTEZ PAS POUR VOS BAGAGES, ILS SERONT DÉPOSÉS DANS LES QUARTIERS QUI VOUS SONT RÉSERVÉS.
zoom 8X
zoom 16X
[- Analyse en cours -]
[- Bzzz - Cibles repérées -]
LABORATORY 1
MAIS POUR L'HEURE, VOUS ÊTES ATTENDUS EN SALLE DE RÉUNION.
CETTE BASE DISPOSE DU MATÉRIEL LE PLUS AVANCÉ QUE L'AMÉRIQUE PUISSE OFFRIR DE NOS JOURS, PROFESSEUR. VOUS TROUVEREZ TOUT CE QUI EST NÉCESSAIRE À VOS TRAVAUX, NOUS Y AVONS VEILLÉ.
TOUT CELA ME SEMBLE PARFAIT, NOUS ALLONS POUVOIR COMMENCER...
JE VEUX RÉUNIR L'ÉQUIPE D'INGÉNIEURS AU PLUS VITE. NOUS N'AVONS QUE QUELQUES JOURS POUR LES ESSAIS DE PROPULSION...
ÇA ALORS !!...
DES MISSILES ALLEMANDS ?!

... ET APRÈS CELA, NOTRE APPAREIL SERA PRÊT POUR SON PREMIER VOL SPATIAL !
NOUS AVONS MIS SUR PIED UN PROGRAMME D'ENTRAÎNEMENT AFIN QUE LES PASSAGERS QUE NOUS EMBARQUONS...
PARDONNEZ-MOI DE VOUS INTERROMPRE, PROFESSEUR.
VOUS SEMBLEZ SÛR DE L'EFFICACITÉ DE VOTRE ENGIN SPATIAL.
CETTE ASSURANCE REPOSE-T-ELLE SUR LE FAIT QUE VOUS AVEZ PARTICIPÉ AU DÉVELOPPEMENT DES V2 POUR LES NAZIS ?
MAIS...? QUE...?
HMM... QUE VOULEZ-VOUS DIRE, MADEMOISELLE ?
CE QUE JE VEUX DIRE, C'EST QUE VOTRE VRAI NOM N'EST PAS "CAMERON SMITH" MAIS "CONRADT SCHMIDT".
VOUS ÊTES ORIGINAIRE D'ALLEMAGNE, ET VOS ÉTUDES EN PHYSIQUE VOUS ONT CONDUIT À TRAVAILLER SUR LE DÉVELOPPEMENT D'ARMES BALISTIQUES POUR LE COMPTE DES ALLEMANDS.
VOILÀ CE QUE J'AI À DIRE. ET VOUS ?
M'ENFIN... MAIS QU'EST-CE QUI VOUS PREND, JONES ?

JE SAVAIS BIEN QU'INVITER UN ROND-DE-CUIR DE WASHINGTON N'ÉTAIT PAS UNE BONNE IDÉE. ENCORE MOINS EN JUP...
JE VOUS EN PRIE, CAPITAINE WEBSTER.
CETTE JEUNE DAME A RAISON.
MON VÉRITABLE NOM EST EFFECTIVEMENT CONRADT SCHMIDT. J'AI ENTAMÉ MES ÉTUDES BIEN AVANT L'ARRIVÉE DE *HERR* HITLER AU POUVOIR.
MON TRAVAIL A ATTIRÉ L'ATTENTION DE L'ARMÉE ET, SOUS LES ORDRES DU COLONEL KRUGER, J'AI PARTICIPÉ AU DÉVELOPPEMENT D'UNE INQUIÉTANTE AVANCÉE TECHNOLOGIQUE POUR LE RÉGIME NAZI.
NOUS ÉTIONS PLUSIEURS À DÉPLORER QUE NOTRE PAYS SE SOIT ENFERMÉ DANS LA GUERRE AU LIEU DE SE TOURNER VERS LES ÉTOILES.
LA PERSPECTIVE DE LA FIN DE LA GUERRE ET DE LA DÉFAITE DE L'ALLEMAGNE NOUS INQUIÉTAIT, MAIS NOUS SAVIONS QUE NOS TRAVAUX INTÉRESSAIENT LES ALLIÉS.
C'EST AINSI QUE LES SERVICES SECRETS AMÉRICAINS SE SONT CHARGÉS DE M'EXFILTRER, AVEC D'AUTRES SAVANTS, VERS LES ÉTATS-UNIS.
BIEN... EUH... ET SI NOUS REPRENIONS NOTRE PETITE VISITE ?

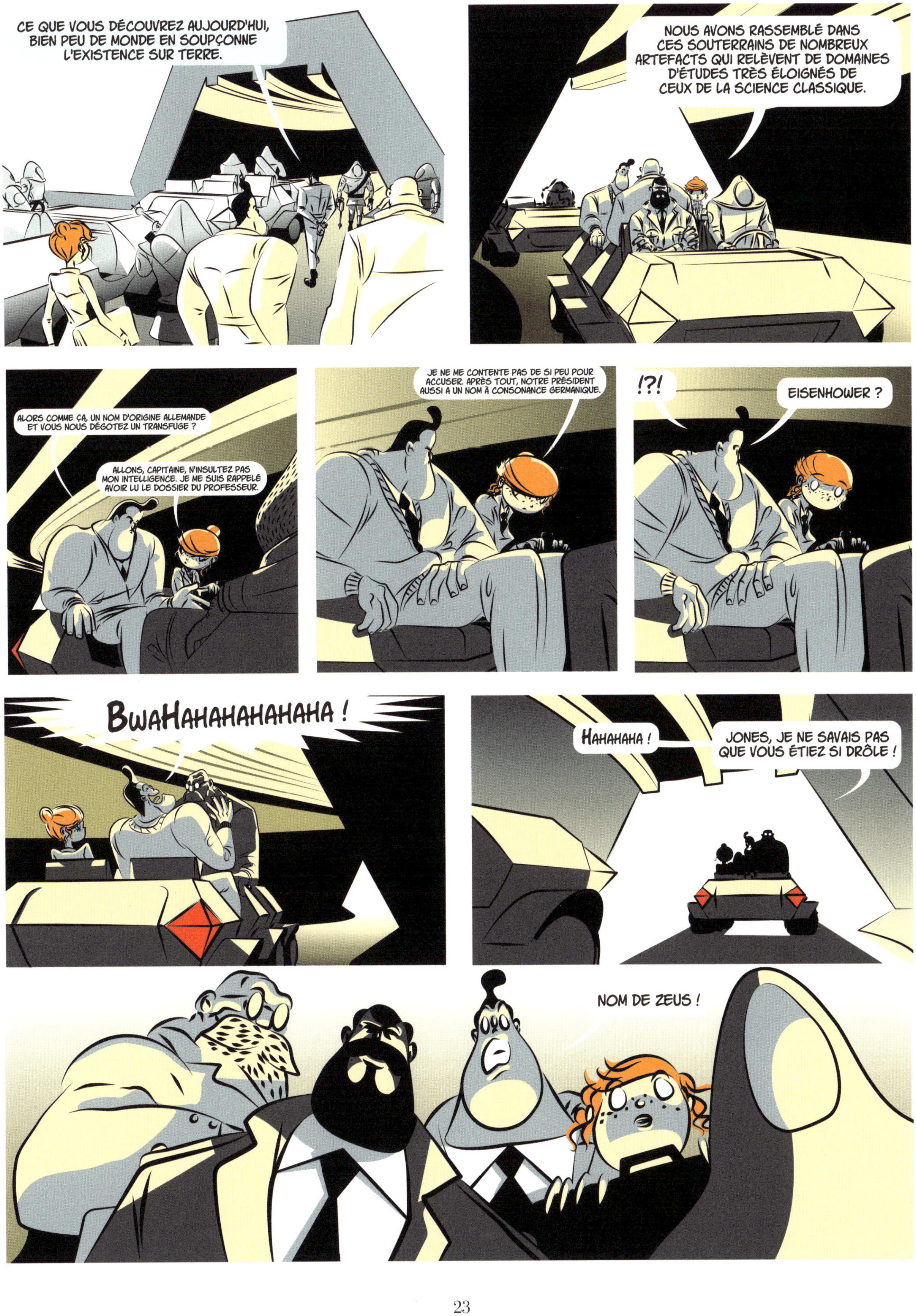
CE QUE VOUS DÉCOUVREZ AUJOURD'HUI, BIEN PEU DE MONDE EN SOUPÇONNE L'EXISTENCE SUR TERRE.
NOUS AVONS RASSEMBLÉ DANS CES SOUTERRAINS DE NOMBREUX ARTEFACTS QUI RELÈVENT DE DOMAINES D'ÉTUDES TRÈS ÉLOIGNÉS DE CEUX DE LA SCIENCE CLASSIQUE.
ALORS COMME ÇA, UN NOM D'ORIGINE ALLEMANDE ET VOUS NOUS DÉGOTEZ UN TRANSFUGE ?
ALLONS, CAPITAINE, N'INSULTEZ PAS MON INTELLIGENCE. JE ME SUIS RAPPELÉ AVOIR LU LE DOSSIER DU PROFESSEUR.
JE NE ME CONTENTE PAS DE SI PEU POUR ACCUSER. APRÈS TOUT, NOTRE PRÉSIDENT AUSSI A UN NOM À CONSONANCE GERMANIQUE.
!?!
EISENHOWER ?
BwaHahahahahahaha !
Hahahaha !
JONES, JE NE SAVAIS PAS QUE VOUS ÉTIEZ SI DRÔLE !
NOM DE ZEUS !

NOUS AVONS ÉGALEMENT CONSTITUÉ LES ARCHIVES LES PLUS COMPLÈTES QUI SOIENT SUR CE QUE CERTAINS APPELLENT "LE PARANORMAL".
C'EST PRODIGIEUSEMENT... FASCINANT !

MMMFF... EISENHOWER...
NOS INSTALLATIONS ABRITENT LES ATELIERS LES PLUS PERFORMANTS DANS L'ÉTUDE DES TECHNOLOGIES ALTERNATIVES.

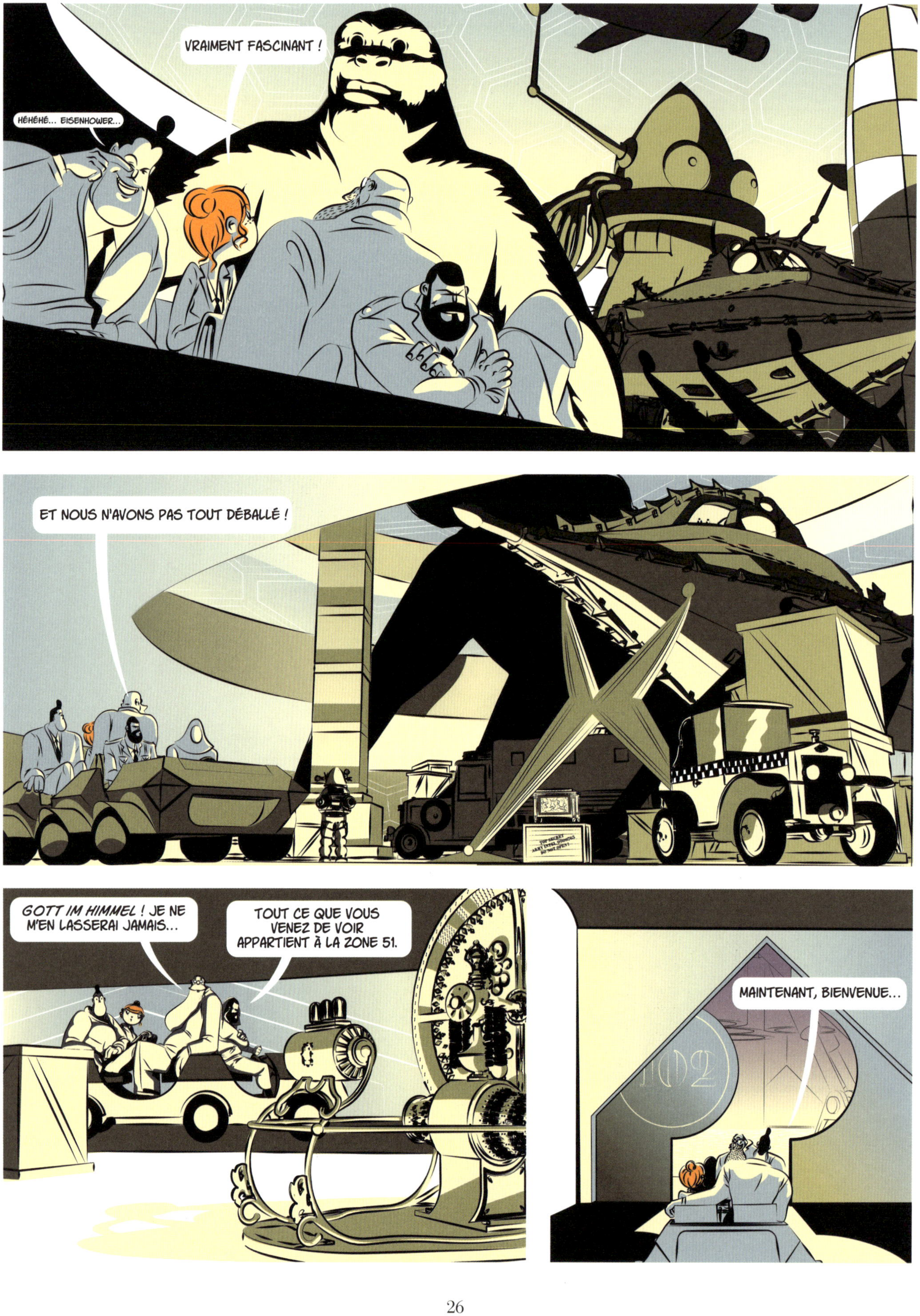
VRAIMENT FASCINANT !
HÉHÉHÉ... EISENHOWER...
ET NOUS N'AVONS PAS TOUT DÉBALLÉ !
GOTT IM HIMMEL ! JE NE M'EN LASSERAI JAMAIS...
TOUT CE QUE VOUS VENEZ DE VOIR APPARTIENT À LA ZONE 51.
MAINTENANT, BIENVENUE...

"... DANS LA ZONE 102 !"
IMPRESSIONNANT...
!!!!...
!!!!...
... TRÈS IMPRESSIONNANT, MÊME.
CELA NE RESSEMBLE PAS DU TOUT À UN V2.
JE ME MÉPRENAIS SUR VOUS, PROFESSEUR. VOUS ÊTES PARTI DANS UNE DIRECTION TOTALEMENT DIFFÉRENTE EN MATIÈRE DE FUSELAGE ET DE PROPULSION.
HMM... OUI, MAIS...
AU RISQUE DE VOUS DÉCEVOIR, MADEMOISELLE JONES, L'HONNÊTETÉ M'OBLIGE À VOUS DIRE QUE NOS ÉQUIPES ONT BÉNÉFICIÉ D'UNE SOURCE D'INSPIRATION INATTENDUE.
NOUS AVONS CONSTRUIT CE MODÈLE À PARTIR D'ENGINS SPATIAUX QUE NOUS AVONS PRIS À DES...
... À DES "VISITEURS", C'EST CELA ?
VOUS VOULEZ DIRE QUE C'EST UNE SOUCOUPE VOLANTE... À LA SAUCE AMÉRICAINE ?
BLACK BLOCK

"NE ME DITES PAS QUE VOUS AVEZ CAPTURÉ DES PETITS HOMMES VERTS, AUSSI ?"
UN TRANSFERT DE PRISONNIER, ENCORE ?
C'EST PAS MOI QUI DONNE LES ORDRES. MOI, JE SUIS LÀ POUR CONVOYER LA MARCHANDISE, C'EST TOUT !
ET IL VIENT D'OÙ, VOTRE CLIENT ?
DU WYOMING.
ENCORE ? C'EST LE TROISIÈME TYPE DU WYOMING QUI NOUS ARRIVE EN QUELQUES SEMAINES.
FAUT CROIRE QU'ON Y FAIT DES RENCONTRES.
TOUT EST EN ORDRE, VOUS POUVEZ AVANCER.
BZZZZZ...
PLIC !

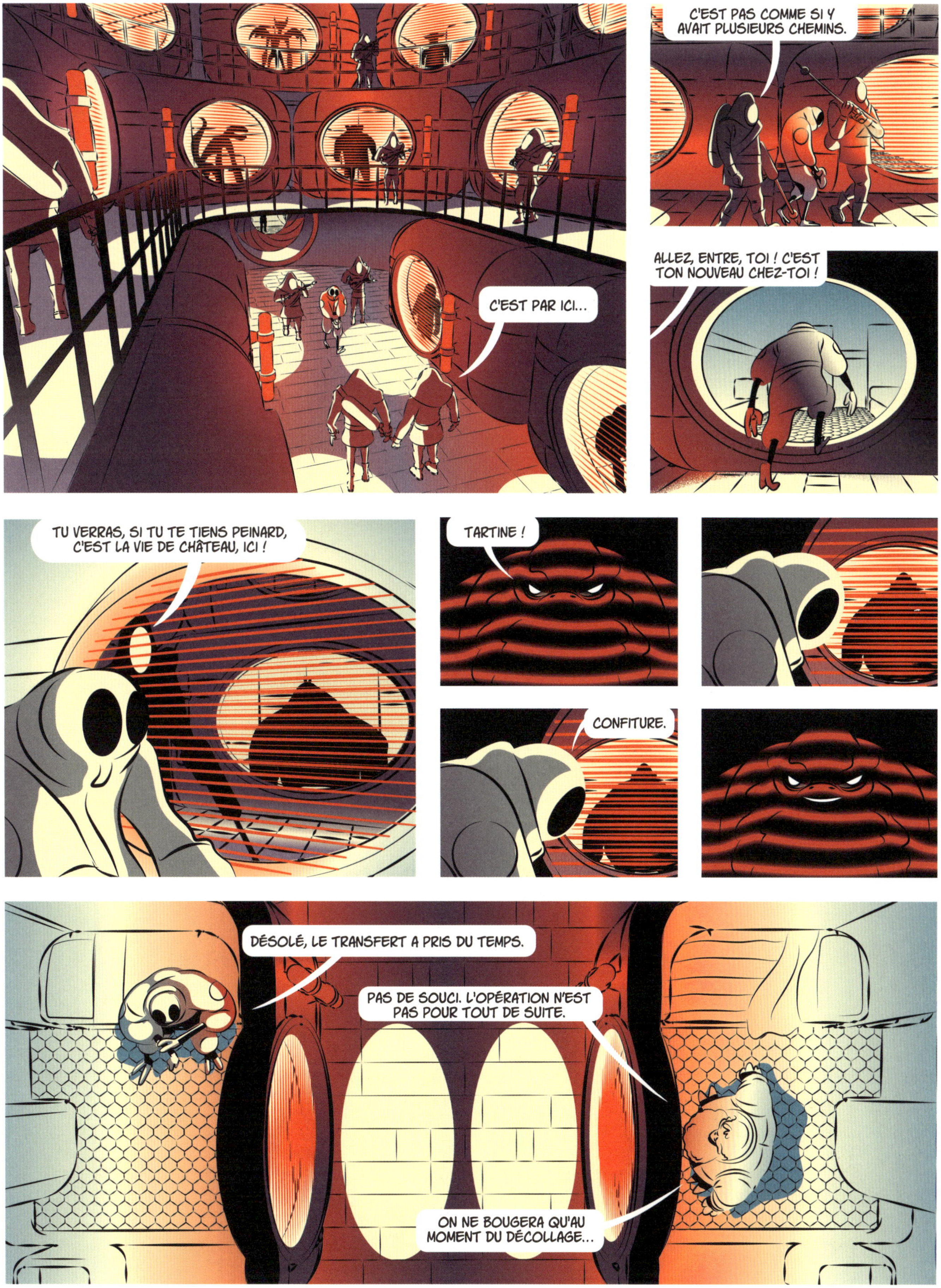
C'EST PAR ICI...
C'EST PAS COMME SI Y AVAIT PLUSIEURS CHEMINS.
ALLEZ, ENTRE, TOI ! C'EST TON NOUVEAU CHEZ-TOI !
TU VERRAS, SI TU TE TIENS PEINARD, C'EST LA VIE DE CHÂTEAU, ICI !
TARTINE !
CONFITURE.
DÉSOLÉ, LE TRANSFERT A PRIS DU TEMPS.
PAS DE SOUCI. L'OPÉRATION N'EST PAS POUR TOUT DE SUITE.
ON NE BOUGERA QU'AU MOMENT DU DÉCOLLAGE...

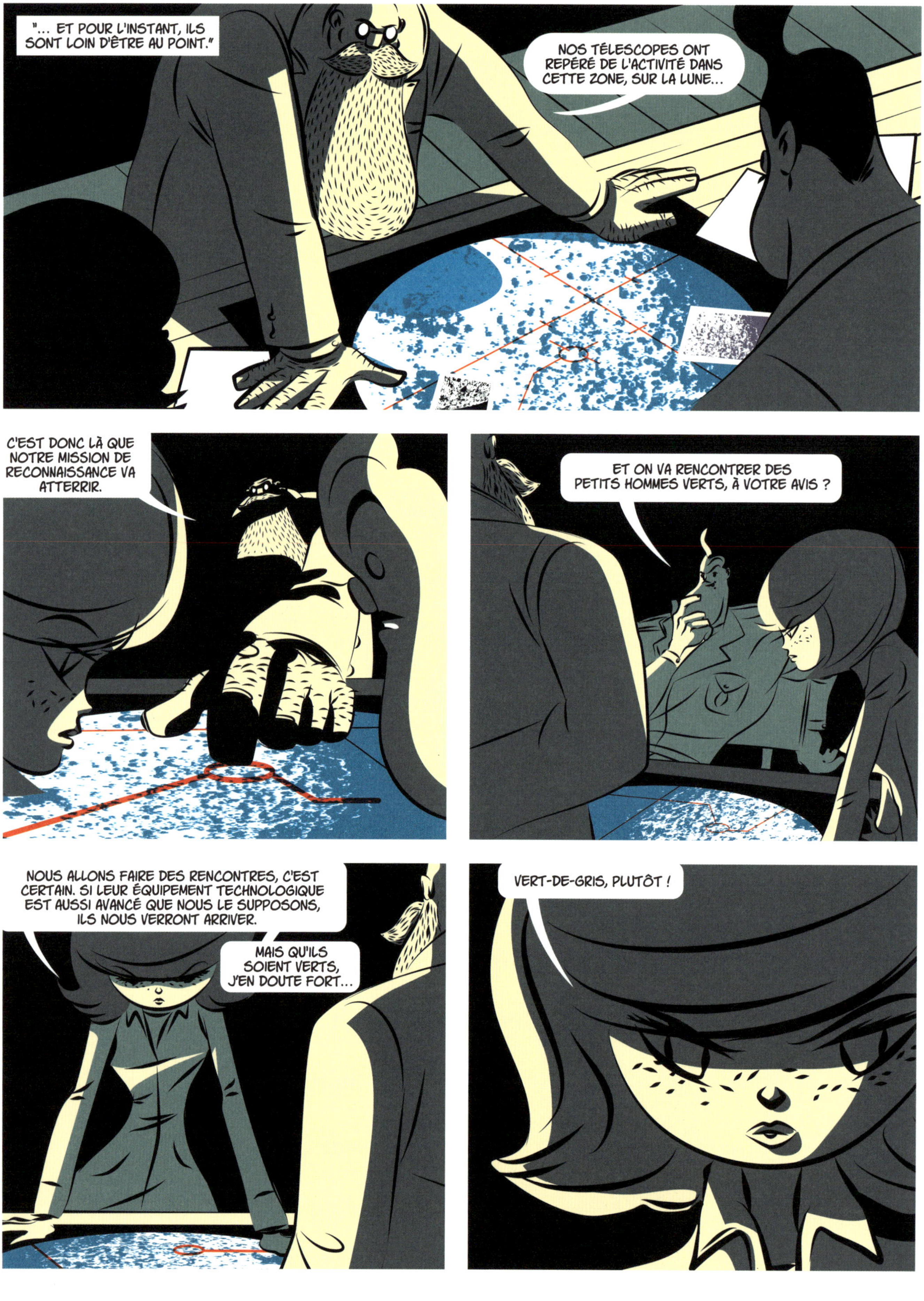
"… ET POUR L'INSTANT, ILS SONT LOIN D'ÊTRE AU POINT."
NOS TÉLESCOPES ONT REPÉRÉ DE L'ACTIVITÉ DANS CETTE ZONE, SUR LA LUNE…
C'EST DONC LÀ QUE NOTRE MISSION DE RECONNAISSANCE VA ATTERRIR.
ET ON VA RENCONTRER DES PETITS HOMMES VERTS, À VOTRE AVIS ?
NOUS ALLONS FAIRE DES RENCONTRES, C'EST CERTAIN. SI LEUR ÉQUIPEMENT TECHNOLOGIQUE EST AUSSI AVANCÉ QUE NOUS LE SUPPOSONS, ILS NOUS VERRONT ARRIVER.
MAIS QU'ILS SOIENT VERTS, J'EN DOUTE FORT…
VERT-DE-GRIS, PLUTÔT !

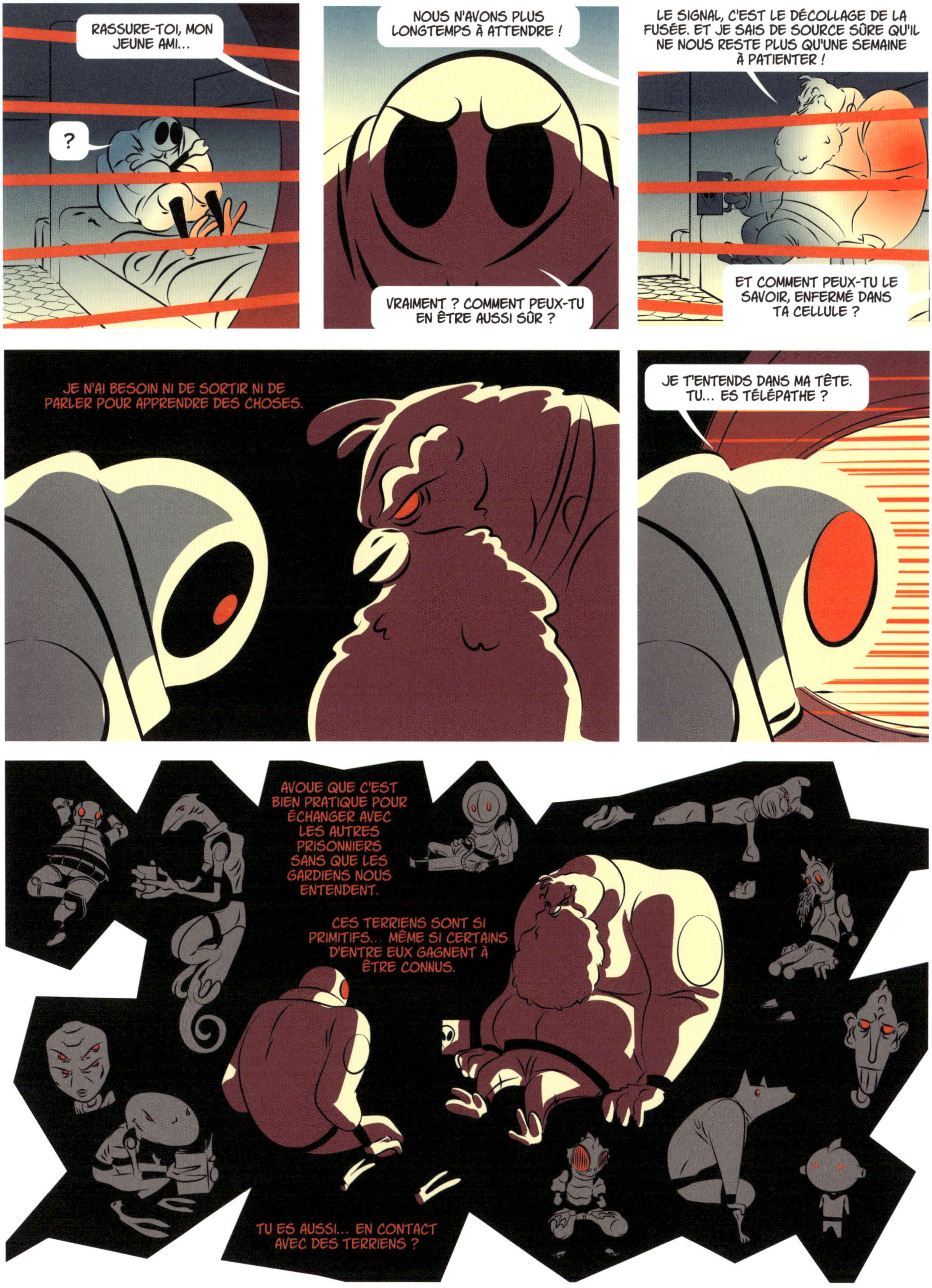
RASSURE-TOI, MON JEUNE AMI...
?
NOUS N'AVONS PLUS LONGTEMPS À ATTENDRE !
VRAIMENT ? COMMENT PEUX-TU EN ÊTRE AUSSI SÛR ?
LE SIGNAL, C'EST LE DÉCOLLAGE DE LA FUSÉE. ET JE SAIS DE SOURCE SÛRE QU'IL NE NOUS RESTE PLUS QU'UNE SEMAINE À PATIENTER !
ET COMMENT PEUX-TU LE SAVOIR, ENFERMÉ DANS TA CELLULE ?
JE N'AI BESOIN NI DE SORTIR NI DE PARLER POUR APPRENDRE DES CHOSES.
JE T'ENTENDS DANS MA TÊTE. TU... ES TÉLÉPATHE ?
AVOUE QUE C'EST BIEN PRATIQUE POUR ÉCHANGER AVEC LES AUTRES PRISONNIERS SANS QUE LES GARDIENS NOUS ENTENDENT.
CES TERRIENS SONT SI PRIMITIFS... MÊME SI CERTAINS D'ENTRE EUX GAGNENT À ÊTRE CONNUS.
TU ES AUSSI... EN CONTACT AVEC DES TERRIENS ?

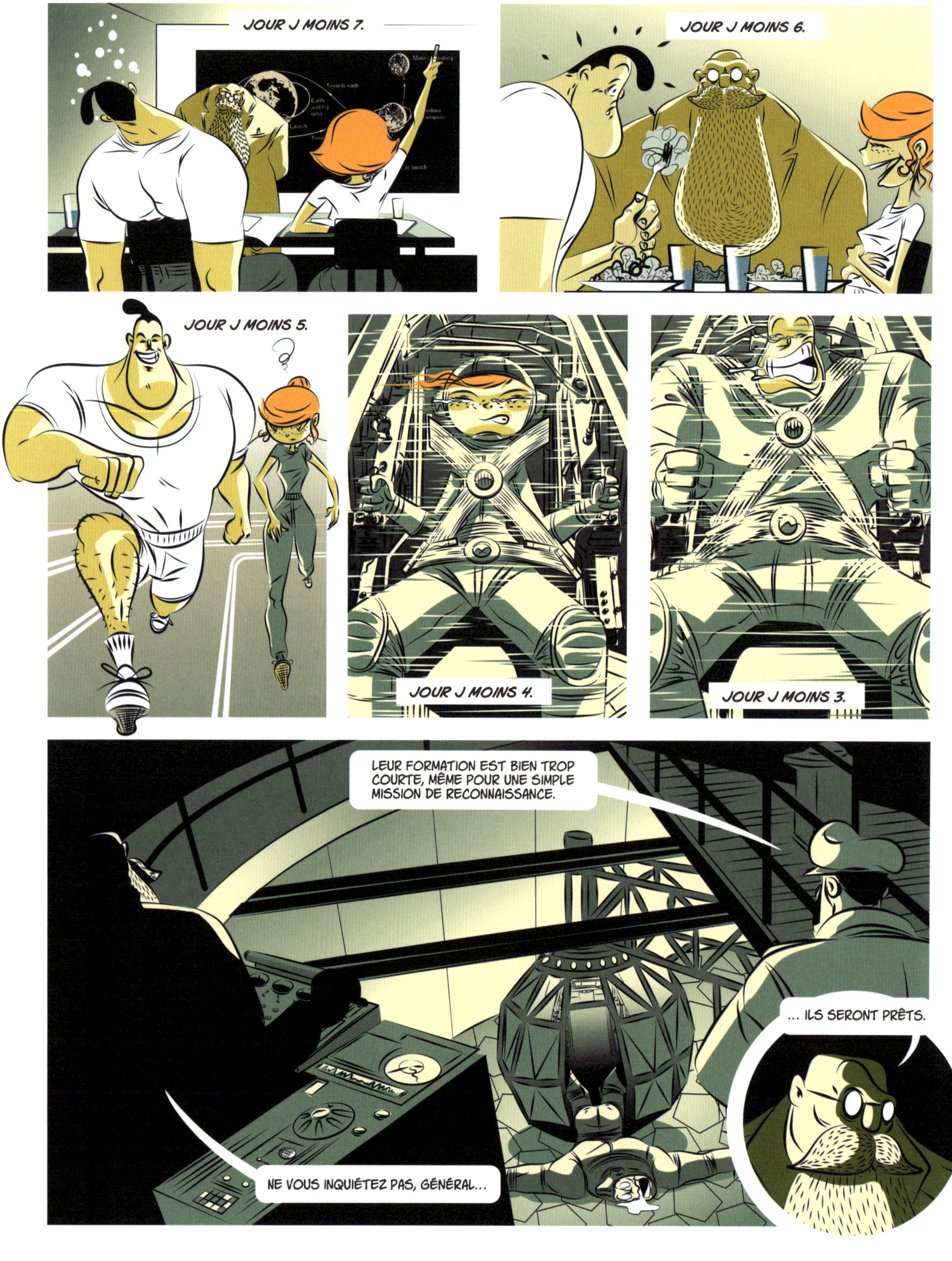
JOUR J MOINS 7.
JOUR J MOINS 6.
JOUR J MOINS 5.
JOUR J MOINS 4.
JOUR J MOINS 3.
LEUR FORMATION EST BIEN TROP COURTE, MÊME POUR UNE SIMPLE MISSION DE RECONNAISSANCE.
NE VOUS INQUIÉTEZ PAS, GÉNÉRAL...
... ILS SERONT PRÊTS.

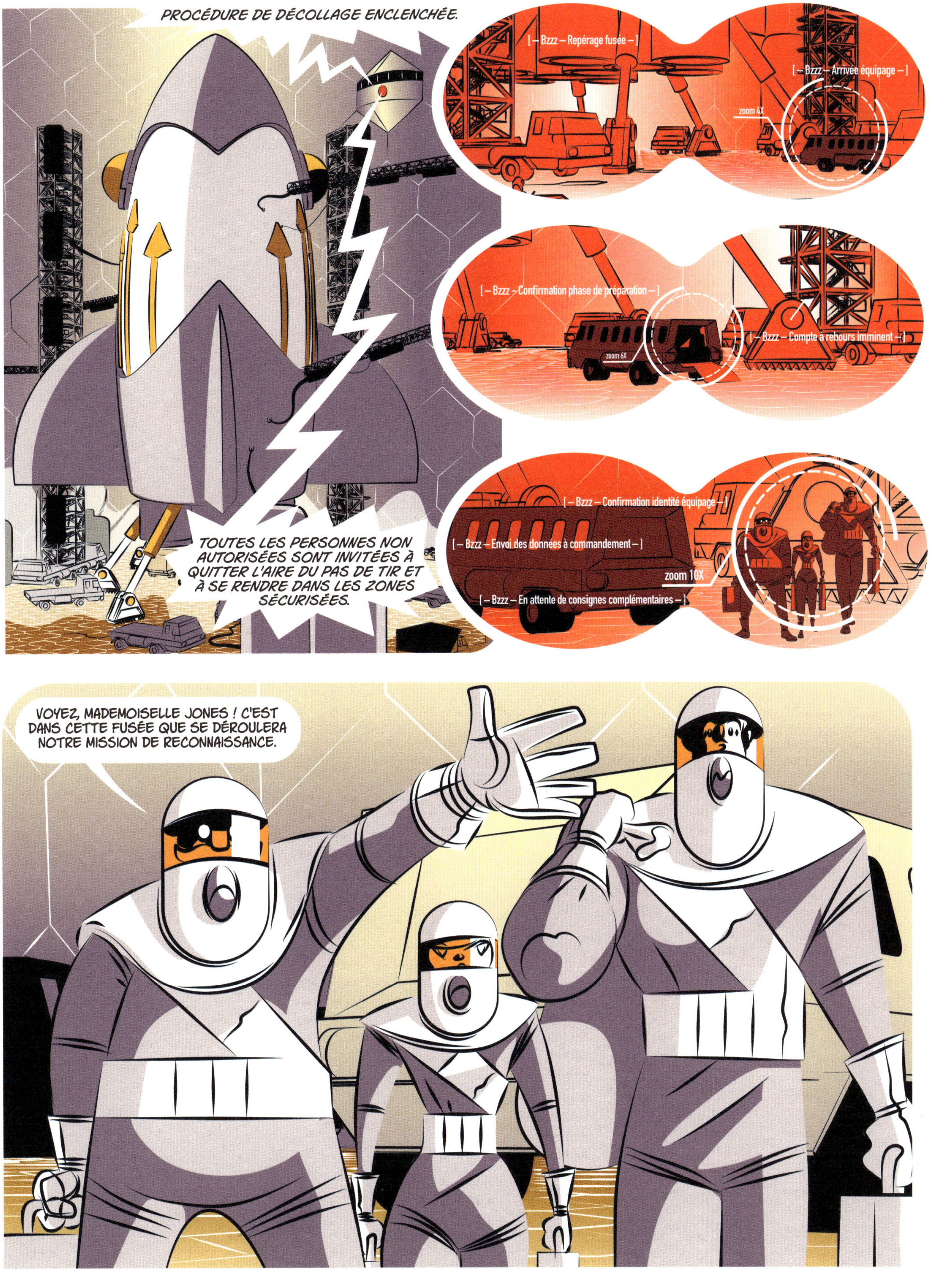
PROCÉDURE DE DÉCOLLAGE ENCLENCHÉE.
[– Bzzz – Repérage fusée –]
[– Bzzz – Arrivée équipage –]
zoom 4X
[– Bzzz – Confirmation phase de préparation –]
zoom 6X
[– Bzzz – Compte à rebours imminent –]
TOUTES LES PERSONNES NON AUTORISÉES SONT INVITÉES À QUITTER L'AIRE DU PAS DE TIR ET À SE RENDRE DANS LES ZONES SÉCURISÉES.
[– Bzzz – Confirmation identité équipage –]
[– Bzzz – Envoi des données à commandement –]
zoom 10X
[– Bzzz – En attente de consignes complémentaires –]
VOYEZ, MADEMOISELLE JONES ! C'EST DANS CETTE FUSÉE QUE SE DÉROULERA NOTRE MISSION DE RECONNAISSANCE.

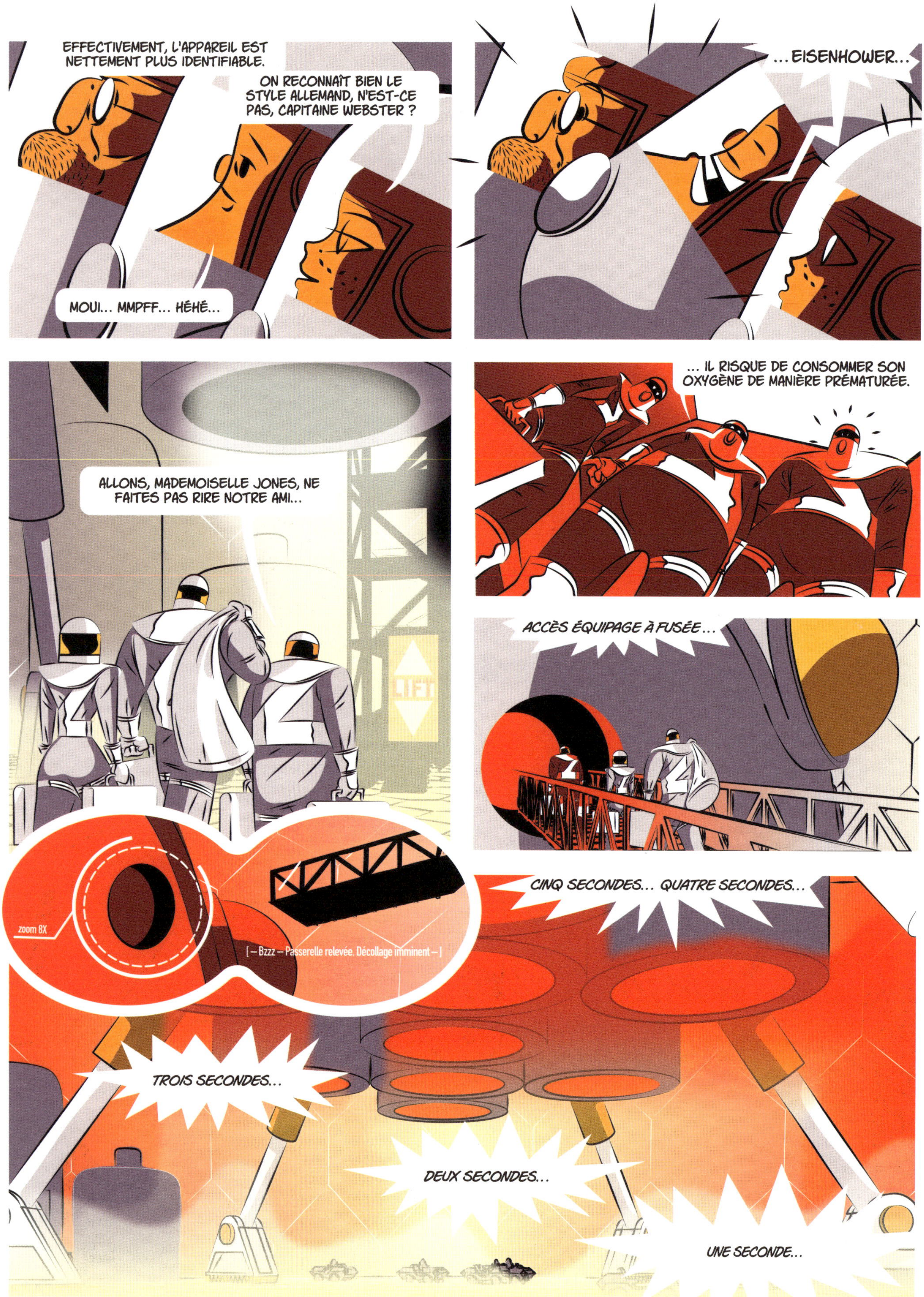
EFFECTIVEMENT, L'APPAREIL EST NETTEMENT PLUS IDENTIFIABLE.
ON RECONNAÎT BIEN LE STYLE ALLEMAND, N'EST-CE PAS, CAPITAINE WEBSTER ?
MOUI... MMPFF... HÉHÉ...
... EISENHOWER...
ALLONS, MADEMOISELLE JONES, NE FAITES PAS RIRE NOTRE AMI...
LIFT
... IL RISQUE DE CONSOMMER SON OXYGÈNE DE MANIÈRE PRÉMATURÉE.
ACCÈS ÉQUIPAGE À FUSÉE...
zoom 8X
[– Bzzz – Passerelle relevée. Décollage imminent –]
CINQ SECONDES... QUATRE SECONDES...
TROIS SECONDES...
DEUX SECONDES...
UNE SECONDE...

MISE À FEU.
DÉCOLLAGE.

VVVVVQQQQQQFFFFFP
AAAAAHHH !!!
MEIN GOOOOOOOOHHHH !
OOOOHHHH !!!
VVVVVQQQQQFFFFFPPPPPPP
AAAAAHHH !!!
AHH! ARKKHHH !!!
OOOOHHHH !!!
QQFFFFFPPPPPQFFFFFFFFFFPPPPPPPPQQQQQ
AH ?
NOUS AVONS QUITTÉ LA TERRE !
ON N'ENTEND PLUS RIEN !
C'EST NORMAL, MADEMOISELLE JONES ! NOUS AVONS DÉPASSÉ L'ATMOSPHÈRE TERRESTRE !
!!???
MAIS... ON PERD DES MORCEAUX ! LA FUSÉE PART EN PIÈCES DÉTACHÉES !
NE VOUS INQUIÉTEZ PAS, *HERR* WEBSTER ! LA FUSÉE VIENT DE SE DÉTACHER DE SES AUXILIAIRES DE PROPULSION, C'EST TOUT !

VOILÀ, ILS ONT DÉCOLLÉ !
CONTACTEZ COSMOS ET DITES-LUI QUE NOUS PASSONS À L'ACTION...
HERR OBERST KRUGER ! *HERR OBERST* KRUGER !
DE GUOI S'AGIT-IL, SERGENT ?
VAISSEAU EN APPROCHE DE LA BASE, *HERR OBERST* !
UN APPAREIL ISOLÉ EST APPARU SUR NOS ÉCRANS ! D'APRÈS NOS CALCULS DE TRAJECTOIRE, IL AURAIT DÉCOLLÉ DEPUIS LE DÉSERT DU NEVADA !
EN AMÉRIGUE ? DIENS, DIENS !
AINZI DONC, CE VIEUX ZÉNILE DE SCHMIDT EST BARVENU À CONVAINGRE CES DÉCHÉNÉRÉS D'AMÉRIGAINS DE VINANCER SES RECHERCHES !
FOILÀ QUI AURAIT BU ÊTRE AMUSANT !

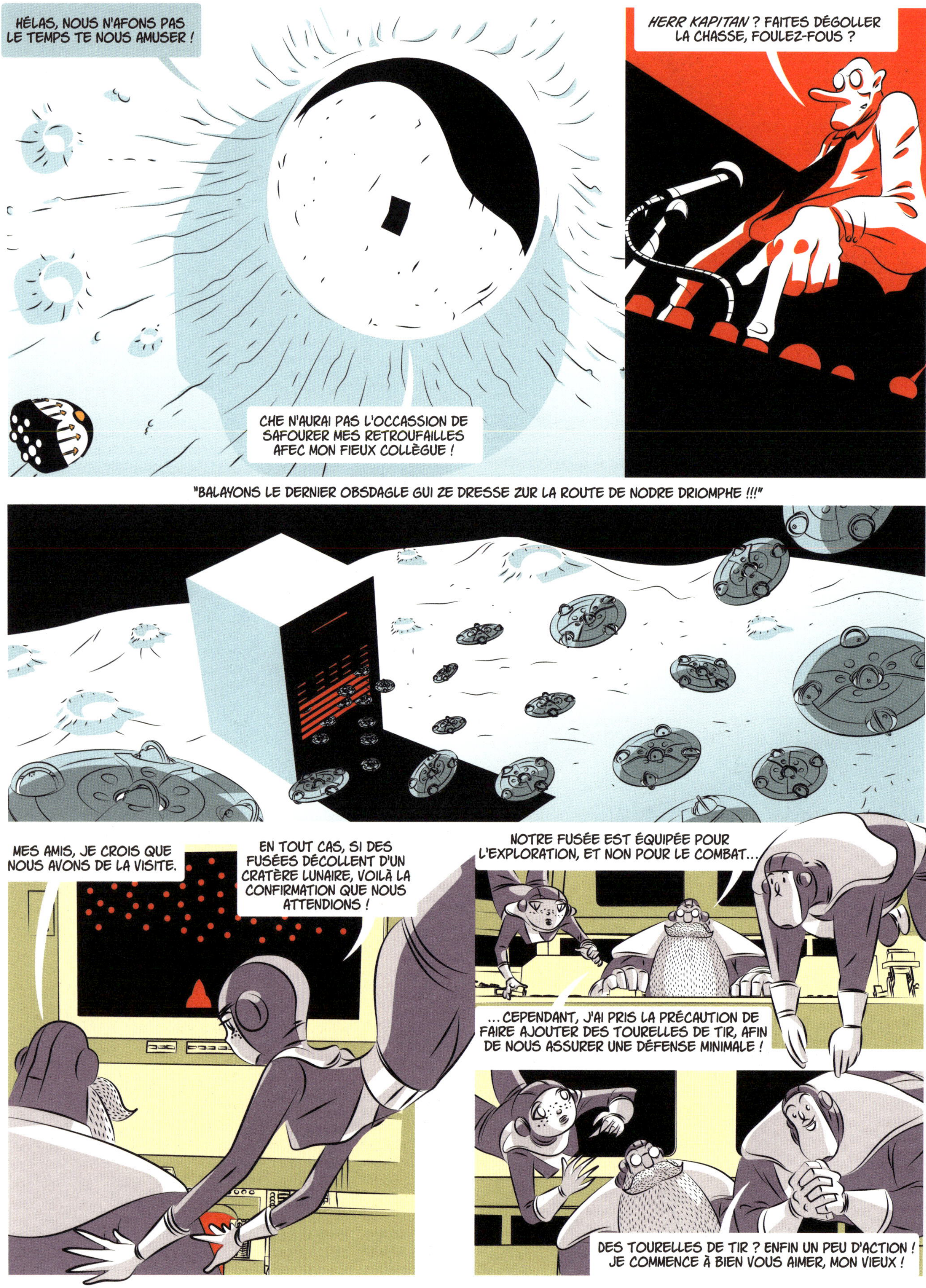

HÉLAS, NOUS N'AFONS PAS LE TEMPS TE NOUS AMUSER !
CHE N'AURAI PAS L'OCCASSION DE SAFOURER MES RETROUFAILLES AFEC MON FIEUX COLLÈGUE !
HERR KAPITAN ? FAITES DÉGOLLER LA CHASSE, FOULEZ-FOUS ?
"BALAYONS LE DERNIER OBSDAGLE GUI ZE DRESSE ZUR LA ROUTE DE NODRE DRIOMPHE !!!"
MES AMIS, JE CROIS QUE NOUS AVONS DE LA VISITE.
EN TOUT CAS, SI DES FUSÉES DÉCOLLENT D'UN CRATÈRE LUNAIRE, VOILÀ LA CONFIRMATION QUE NOUS ATTENDIONS !
NOTRE FUSÉE EST ÉQUIPÉE POUR L'EXPLORATION, ET NON POUR LE COMBAT...
...CEPENDANT, J'AI PRIS LA PRÉCAUTION DE FAIRE AJOUTER DES TOURELLES DE TIR, AFIN DE NOUS ASSURER UNE DÉFENSE MINIMALE !
DES TOURELLES DE TIR ? ENFIN UN PEU D'ACTION ! JE COMMENCE À BIEN VOUS AIMER, MON VIEUX !

FAITES ATTENTION, CAPITAINE WEBSTER !
D'APRÈS LE RADAR, NOS POURSUIVANTS SE RAPPROCHENT !

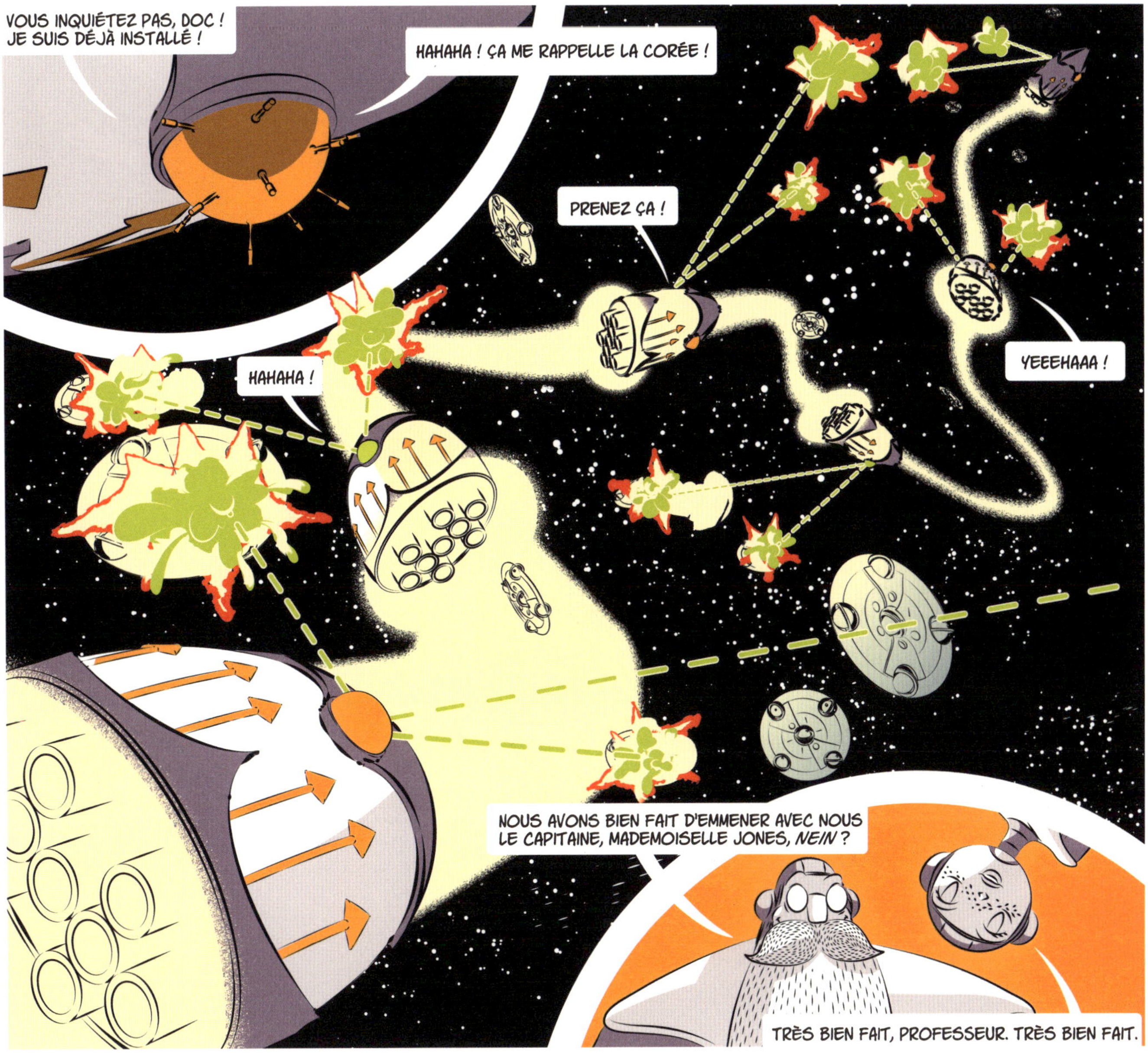
VOUS INQUIÉTEZ PAS, DOC ! JE SUIS DÉJÀ INSTALLÉ !
HAHAHA ! ÇA ME RAPPELLE LA CORÉE !
PRENEZ ÇA !
HAHAHA !
YEEEHAAA !
NOUS AVONS BIEN FAIT D'EMMENER AVEC NOUS LE CAPITAINE, MADEMOISELLE JONES, *NEIN* ?
TRÈS BIEN FAIT, PROFESSEUR. TRÈS BIEN FAIT.

NOUS ALLONS DESCENDRE VERS LA SURFACE ET NOUS RAPPROCHER DE CETTE INSTALLATION !
IL FAUDRA SEMER NOS POURSUIVANTS D'ABORD...
"... ET ÇA NE SERA PAS UNE PARTIE DE PLAISIR !"
BLAM
BLAM
BLAM
ACH ! GOTT IM HIMMEL ! NOUS SOMMES TOUCHÉS !
CAPITAINE WEBSTER ? VOUS M'ENTENDEZ ?
OUI, JE VAIS BIEN !
MAIS ON EST TOUCHÉS !
MERCI DE NOUS FAIRE PROFITER DE VOTRE SENS DE L'OBSERVATION, CAPITAINE...
... MAIS NOUS AVIONS DÉJÀ REMARQUÉ !

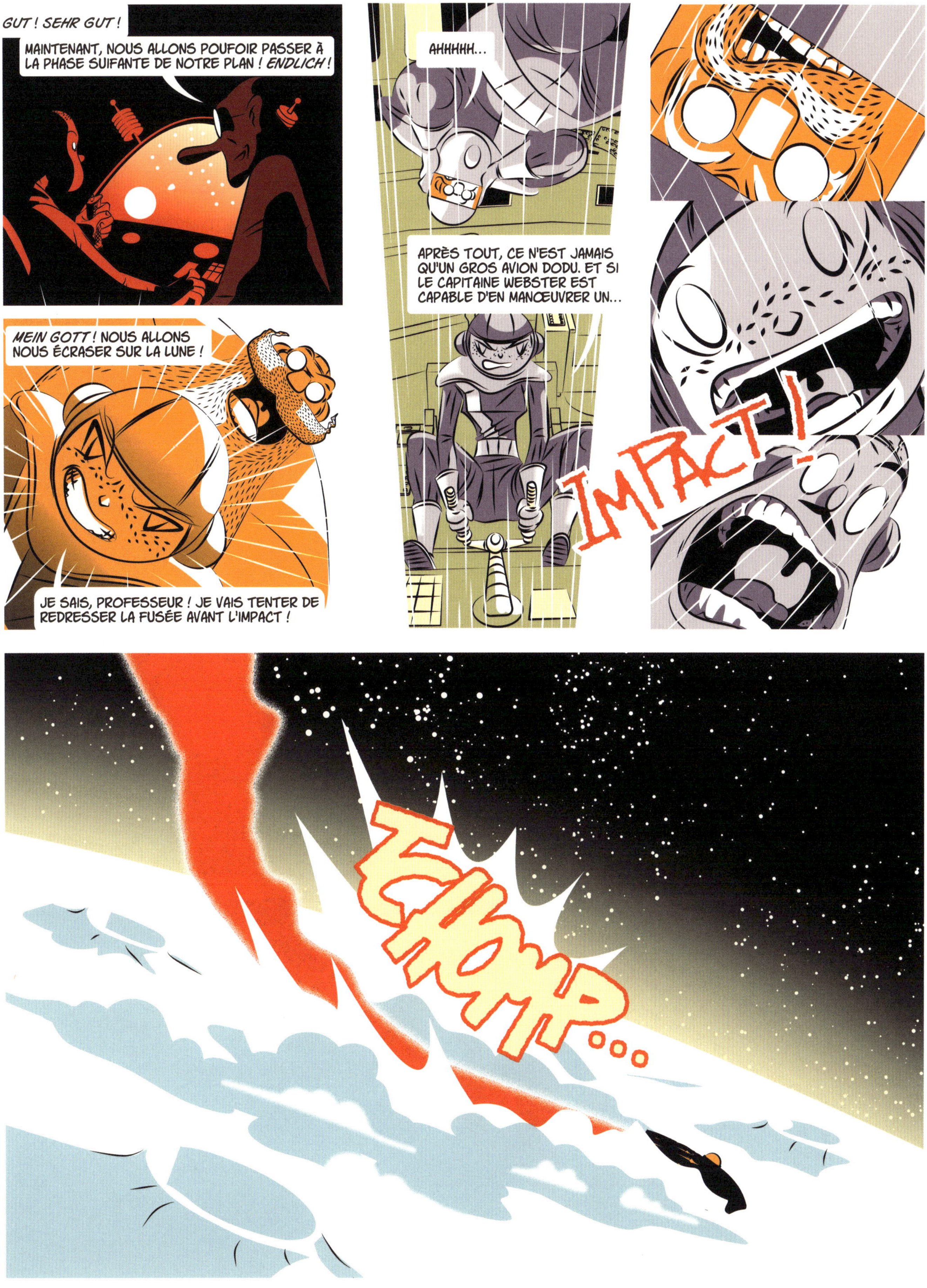
GUT ! SEHR GUT !
MAINTENANT, NOUS ALLONS POUFOIR PASSER À LA PHASE SUIFANTE DE NOTRE PLAN ! ENDLICH !
MEIN GOTT ! NOUS ALLONS NOUS ÉCRASER SUR LA LUNE !
JE SAIS, PROFESSEUR ! JE VAIS TENTER DE REDRESSER LA FUSÉE AVANT L'IMPACT !
AHHHHH...
APRÈS TOUT, CE N'EST JAMAIS QU'UN GROS AVION DODU. ET SI LE CAPITAINE WEBSTER EST CAPABLE D'EN MANŒUVRER UN...
IMPACT !
TCHOMP...

PROFESSEUR ?...
POF
VOUS ALLEZ BIEN ?
NE VOUS INQUIÉTEZ PAS, MADEMOISELLE. PLUS DE PEUR QUE DE MAL ! *ACH, MEIN KOPF* !
COMMENT VA LE CAPITAINE WEBSTER ?
J'ALLAIS VOUS LE DEMANDER ! CAPITAINE ? VOUS M'ENTENDEZ ?
VOUS N'ÊTES PAS BLESSÉ ?
CAPITAINE WEBSTER ?
AH, LES VOILÀ ! ATTERRISSAGE PAS ÉTÉ TRÈS ÉLÉGANT, MAIS EUX SONT ARRIVÉS !
[– Bzzz – Analyse structure. Carlingue étanche –]
[– Bzzz – Passagers vivants –]
ALLONS PRÉSENTER NOUS À NOUVEAUX CAMARADES !
HMM...
LA RENCONTRE EST POUR BIENTÔT !

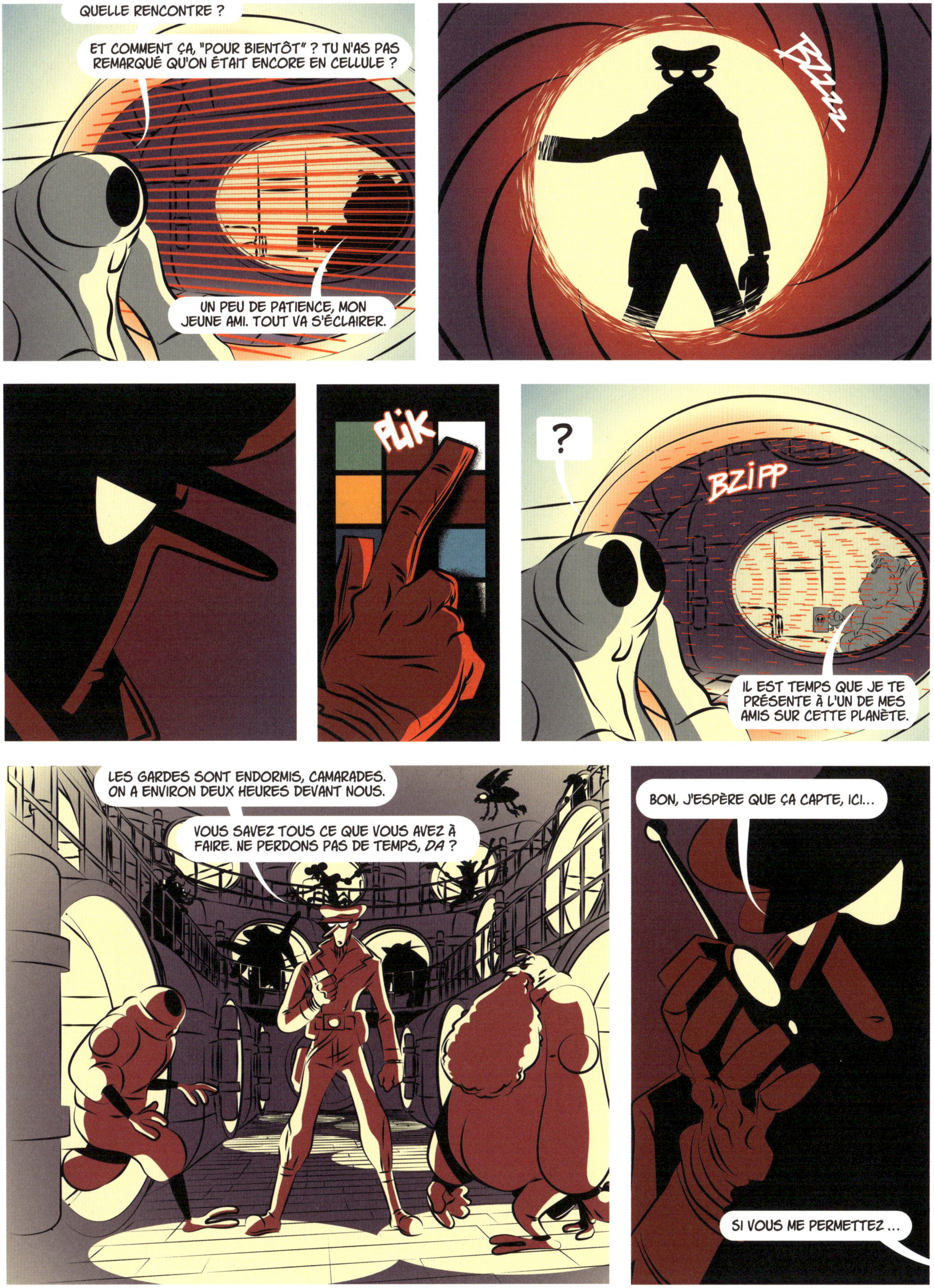
QUELLE RENCONTRE ?
ET COMMENT ÇA, "POUR BIENTÔT" ? TU N'AS PAS REMARQUÉ QU'ON ÉTAIT ENCORE EN CELLULE ?
UN PEU DE PATIENCE, MON JEUNE AMI. TOUT VA S'ÉCLAIRER.
BZZZZ
PLIK
?
BZIPP
IL EST TEMPS QUE JE TE PRÉSENTE À L'UN DE MES AMIS SUR CETTE PLANÈTE.
LES GARDES SONT ENDORMIS, CAMARADES. ON A ENVIRON DEUX HEURES DEVANT NOUS.
VOUS SAVEZ TOUS CE QUE VOUS AVEZ À FAIRE. NE PERDONS PAS DE TEMPS, *DA* ?
BON, J'ESPÈRE QUE ÇA CAPTE, ICI...
SI VOUS ME PERMETTEZ ...

… JE CROIS POUVOIR FAIRE MIEUX QUE VOTRE COMMUNICATEUR. DONNEZ-MOI VOTRE MAIN.
VOUS POUVEZ CONTACTER COSMOS À CETTE DISTANCE ?
NE DITES RIEN, CONTENTEZ-VOUS DE PENSER À CE QUI SE PASSE ICI… ET COSMOS SAURA TOUT DANS UN INSTANT !
HMM… DA ! BIEN REÇU, SPASSIBO ! CONTINUEZ MISSION SUR TERRE !
ICI, CONTACT AVEC AMÉRICAINS TRÈS VITE ! TERMINÉ !
REGARDE, TOVARITCH ! DROIT DEVANT !
HMM… NAZIS AGITÉS BEAUCOUP ! NOUS ACCÉLÉRER ! MARCHER GRANDS PAS ! ALLEZ !
-ACHTUNG -ACHTUNG -
-PRÉPARATION DES MISSILES V6-
-LANCEMENT IMMINENT-
-CECI N'EST PAS UN EXERCICE -
-CECI N'EST PAS UN EXERCICE -
ACH ! LES V6 ! GUELLE MAGNIFIGUE INFENTION !

LES V2 ONT MENAZÉ LONDRES ! MAIS *MEINE* V6 VONT IMBOZER UN ORDRE NOUFEAU AU MONDE !
L'HUMANITÉ DOIT AFANCER FERS L'AFENIR, ET ZEULE LA RAZE ARYENNE BEUT LUI MONDRER LE GEMIN !
ON NE BEUT BAS GOMPTER SUR LES SOUS-HOMMES QUI BEUPLENT LA PLANÈDE BOUR AGOMBLIR ZETTE MIZZION !
LES AMÉRIGAINS ONT GUELGUES PONNES IDÉES, *NATÜRLICH*... MAIS ILS ZONT ENGLUÉS DANS LEUR ILLUSOIRE IDÉAL BOLITIGUE... GOMMENT ABBELLENT-ILS ZELA, DÉJÀ ?
ACH, JA, ZA ME REFIENT... LA DÉMOGRATIE !
CH'ADORE LEUR HUMOUR !

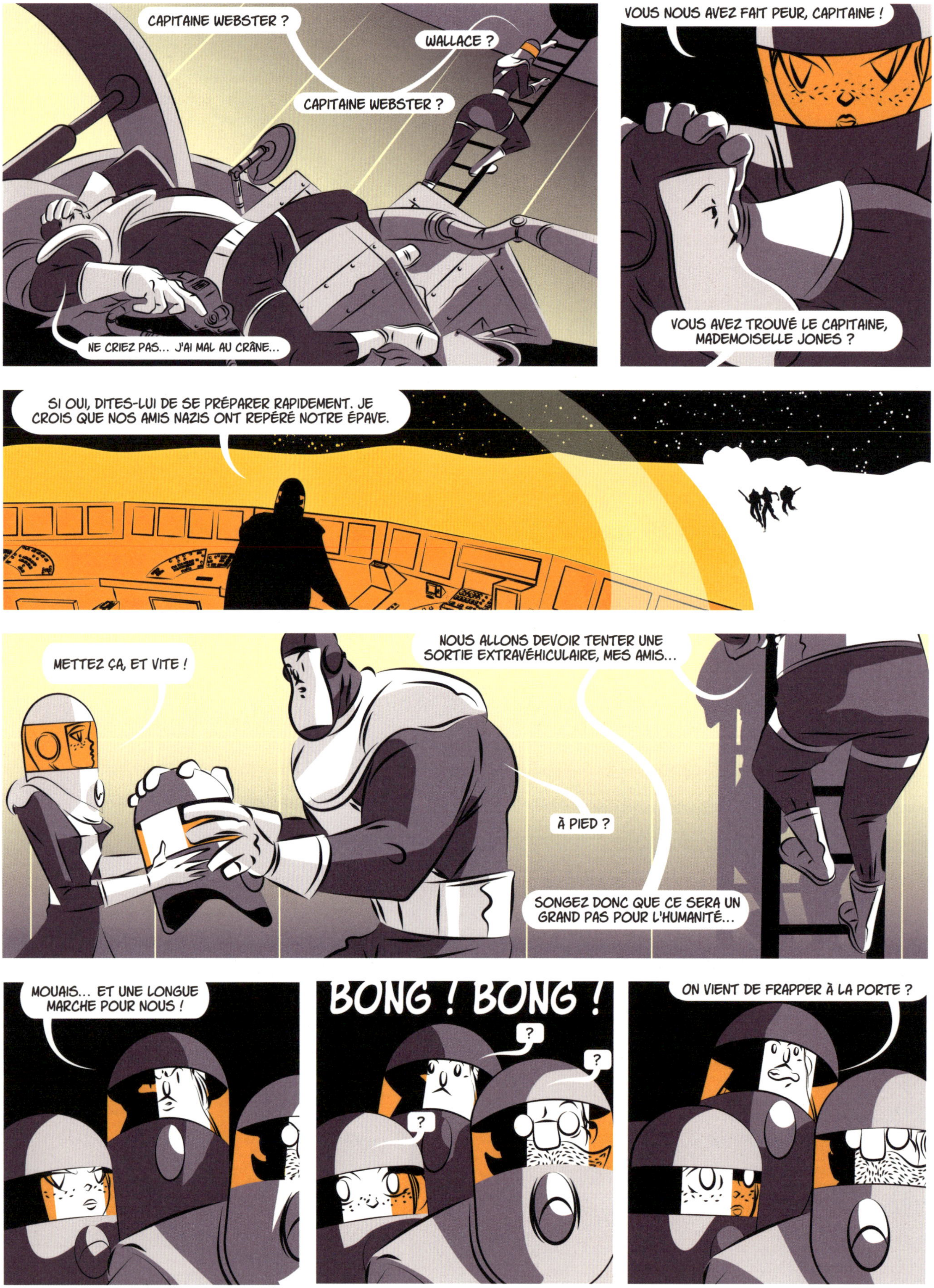
CAPITAINE WEBSTER ?
WALLACE ?
CAPITAINE WEBSTER ?
NE CRIEZ PAS... J'AI MAL AU CRÂNE...
VOUS NOUS AVEZ FAIT PEUR, CAPITAINE !
VOUS AVEZ TROUVÉ LE CAPITAINE, MADEMOISELLE JONES ?
SI OUI, DITES-LUI DE SE PRÉPARER RAPIDEMENT. JE CROIS QUE NOS AMIS NAZIS ONT REPÉRÉ NOTRE ÉPAVE.
METTEZ ÇA, ET VITE !
NOUS ALLONS DEVOIR TENTER UNE SORTIE EXTRAVÉHICULAIRE, MES AMIS...
À PIED ?
SONGEZ DONC QUE CE SERA UN GRAND PAS POUR L'HUMANITÉ...
MOUAIS... ET UNE LONGUE MARCHE POUR NOUS !
BONG ! BONG !
?
?
?
ON VIENT DE FRAPPER À LA PORTE ?

VOUS CROYEZ QUE LES NAZIS NOUS ONT TROUVÉS ?
ILS VIENNENT SANS DOUTE NOUS ACHEVER.
MAIS JE NE ME RENDRAI PAS SANS...
... COMBATTRE ?
DOBRYJ DEN, CAMARADES ASTRONAUTES !
APPAREMMENT, VOUS AVOIR PERDU COURSE À ESPACE, DA ?
MON NOM ÊTRE IRINA COSMOS... POUR SERVIR VOUS !

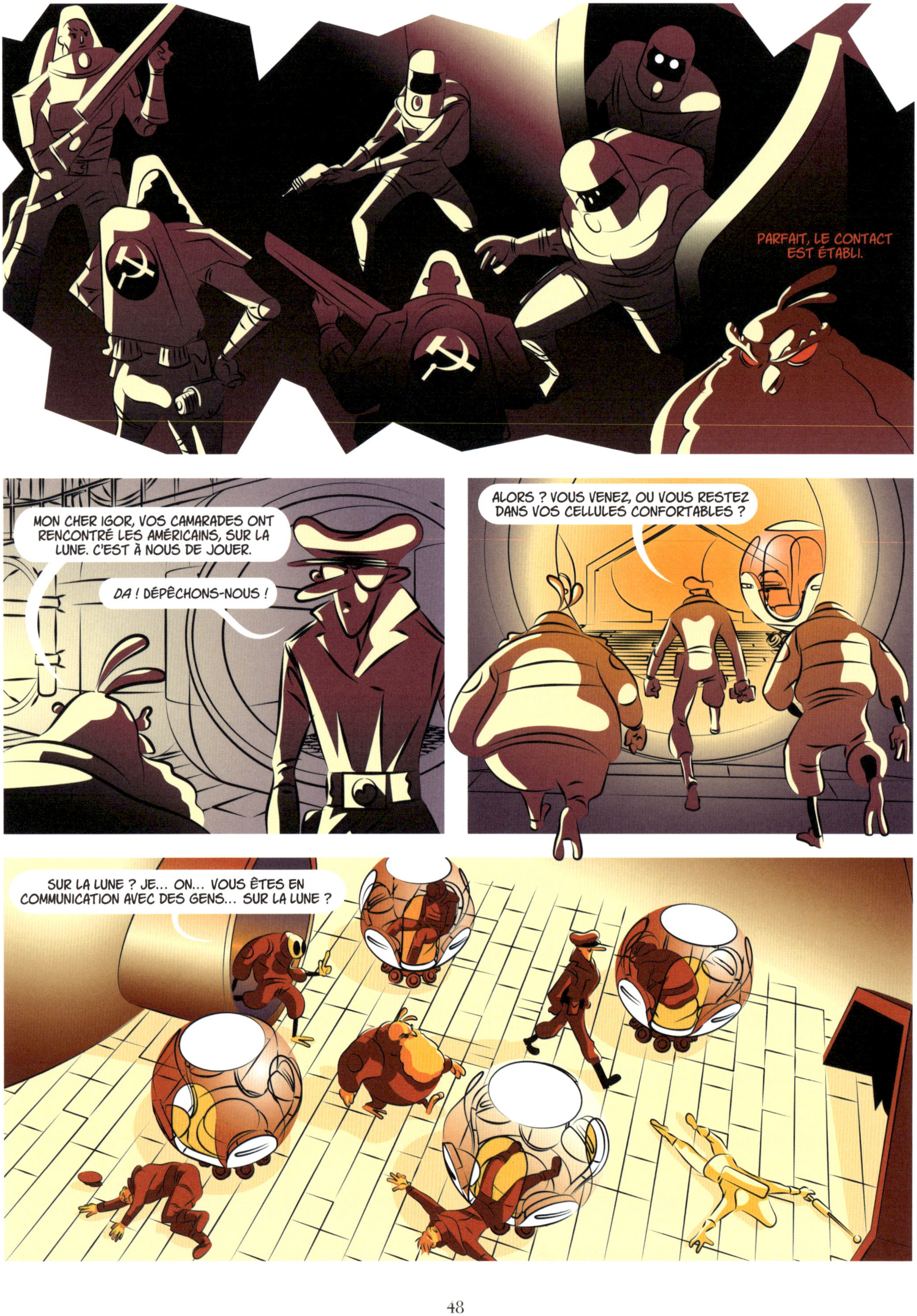
PARFAIT, LE CONTACT EST ÉTABLI.
MON CHER IGOR, VOS CAMARADES ONT RENCONTRÉ LES AMÉRICAINS, SUR LA LUNE. C'EST À NOUS DE JOUER.
DA ! DÉPÊCHONS-NOUS !
ALORS ? VOUS VENEZ, OU VOUS RESTEZ DANS VOS CELLULES CONFORTABLES ?
SUR LA LUNE ? JE... ON... VOUS ÊTES EN COMMUNICATION AVEC DES GENS... SUR LA LUNE ?

NAZIS VRAIMENT ÉNERVÉS. TRÈS AGITÉS. PRÉPARENT QUELQUE CHOSE.
VOUS VOULOIR REGARDER ? PRENEZ JUMELLES, CAMARADE WEBSTER !
PFF... DONNEZ-MOI ÇA, VOUS !
ET JE NE SUIS PAS VOTRE "CAMARADE" !
TIENS, ON DIRAIT BIEN QUE LES ÉCLAIREURS REPÉRÉS PAR LE PROFESSEUR SONT SUR NOS TRACES.
ET COMMENT ALLONS-NOUS FAIRE ? NOTRE FUSÉE N'EST PLUS QU'UNE ÉPAVE, ET IL EST TROP TARD POUR FUIR...
QUOI ? PAS DE BAGARRE ?
DA ! VAISSEAU À VOUS, ÉPAVE ! MAIS VAISSEAU À NOUS, BOLIDE !
CAR NOUS PAS VENUS ICI À PIED. RUSSES TOUJOURS AVOIR SOLUTION.

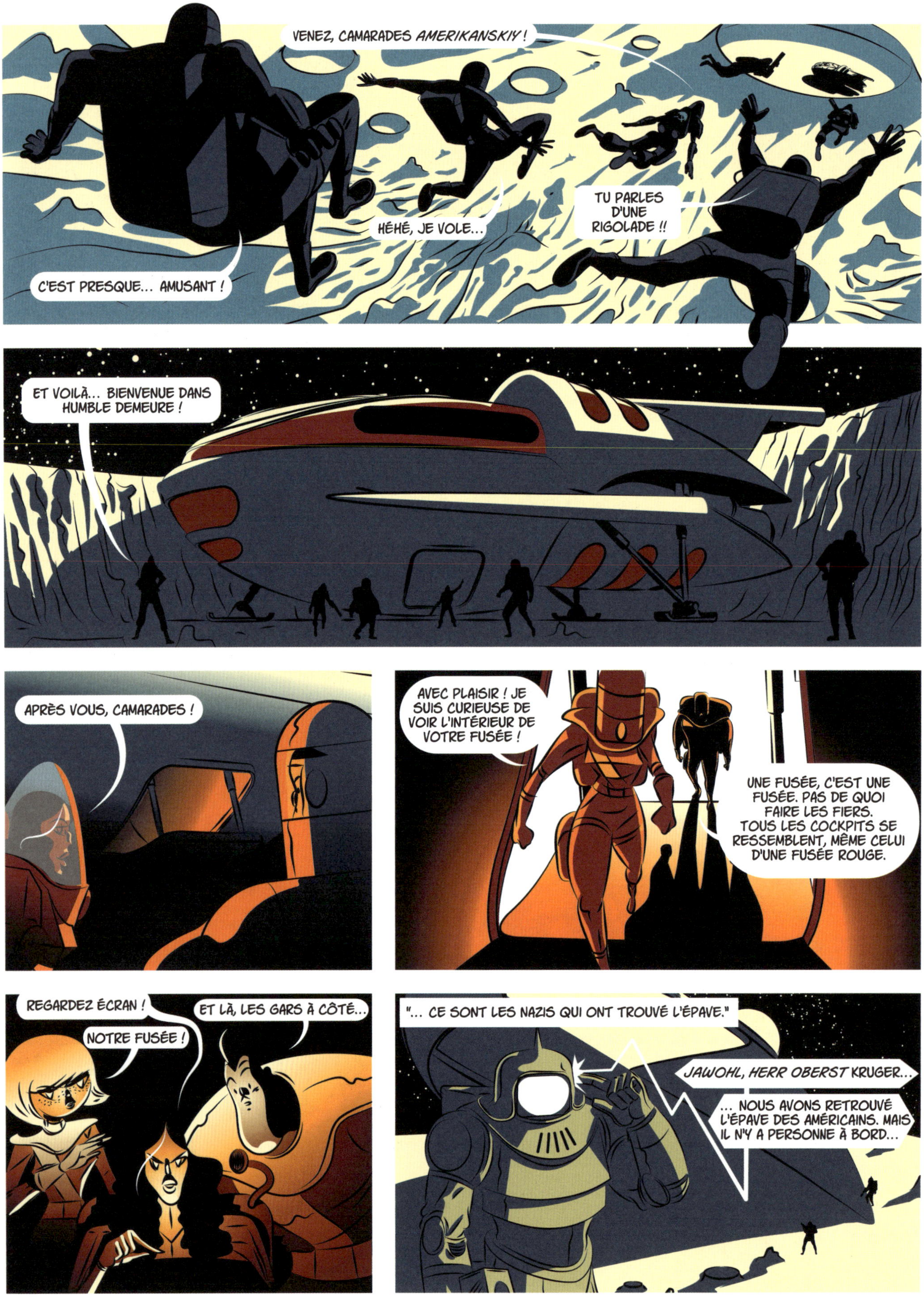
VENEZ, CAMARADES AMERIKANSKIY !
C'EST PRESQUE... AMUSANT !
HÉHÉ, JE VOLE...
TU PARLES D'UNE RIGOLADE !!
ET VOILÀ... BIENVENUE DANS HUMBLE DEMEURE !
APRÈS VOUS, CAMARADES !
AVEC PLAISIR ! JE SUIS CURIEUSE DE VOIR L'INTÉRIEUR DE VOTRE FUSÉE !
UNE FUSÉE, C'EST UNE FUSÉE. PAS DE QUOI FAIRE LES FIERS. TOUS LES COCKPITS SE RESSEMBLENT, MÊME CELUI D'UNE FUSÉE ROUGE.
REGARDEZ ÉCRAN !
NOTRE FUSÉE !
ET LÀ, LES GARS À CÔTÉ...
"... CE SONT LES NAZIS QUI ONT TROUVÉ L'ÉPAVE."
JAWOHL, HERR OBERST KRUGER...
... NOUS AVONS RETROUVÉ L'ÉPAVE DES AMÉRICAINS. MAIS IL N'Y A PERSONNE À BORD...

ILS ONT RÉUSSI À S'ÉCHAPPER.
DANKE, LIEUTENANT. FOUILLEZ LES ENFIRONS BROCHES. ZI FOUS NE TROUFEZ RIEN, REFENEZ À LA PAZE.
UNGLAUBLICH !
PLIK
CES VERDAMMTEN AMERIKANER ZONT DÉZIDÉMENT INZAIZIZABLES !
MON FIEIL AMI SCHMIDT A TROUFÉ DES ALLIÉS OBINIÂTRES !
"MAIS ZELA NE DURERA BAS ! BIENDÔT, L'AMÉRIGUE ZERA RÉDUITE EN ZENDRES !"

IZI L'OBERSTURMBANNFÜHRER KRUGER GUI FOUS BARLE. AFIS AU BERZONNEL TECHNIGUE. LANZEMENT DU GOMPDE À REPOURS.
MISSE À VEU DANS DIX MINUDES ! CHE RÊBÈTE : DIX MINUDES !
IMPOSSIBLE APPROCHER BASE NAZIE, NOUS DEVOIR CONTINUER À PIED, CAMARADES !
ENCORE ? ELLE N'A PAS UNE OPTION FURTIVITÉ, VOTRE FUSÉE ? ON A MARCHÉ SUR LA LUNE, NOUS AUSSI, ON SAIT DÉJÀ CE QUE ÇA FAIT !
WAS ?

SAS VERROUILLÉ. NOUS POUVONS PARLER.
ET RESPIRER ! J'AVAIS L'IMPRESSION D'ÊTRE UN POISSON ROUGE DANS SON BOCAL !
MISE À FEU DANS NEUF MINUTES !
BON SANG ! ILS PRÉPARENT UNE FRAPPE ! IL FAUT AGIR !
MISE À FEU DANS HUIT MINUTES !
MAIS NOUS NE CONNAISSONS PAS LE PLAN DES LIEUX ! IL S'AGIT DE NE PAS SE FAIRE REPÉRER ! AVANÇONS PRUDEMMENT ET EN TOUTE...
GEFÄHRLICH !
... DISCRÉTION !
WAS ?
ALAAARRMMM !
DE TOUTE FAÇON, LA DISCRÉTION, C'EST PAS MON FORT !

ALARM !
WAS ?
PAF !
MISE À FEU DANS SEPT MINUTES !

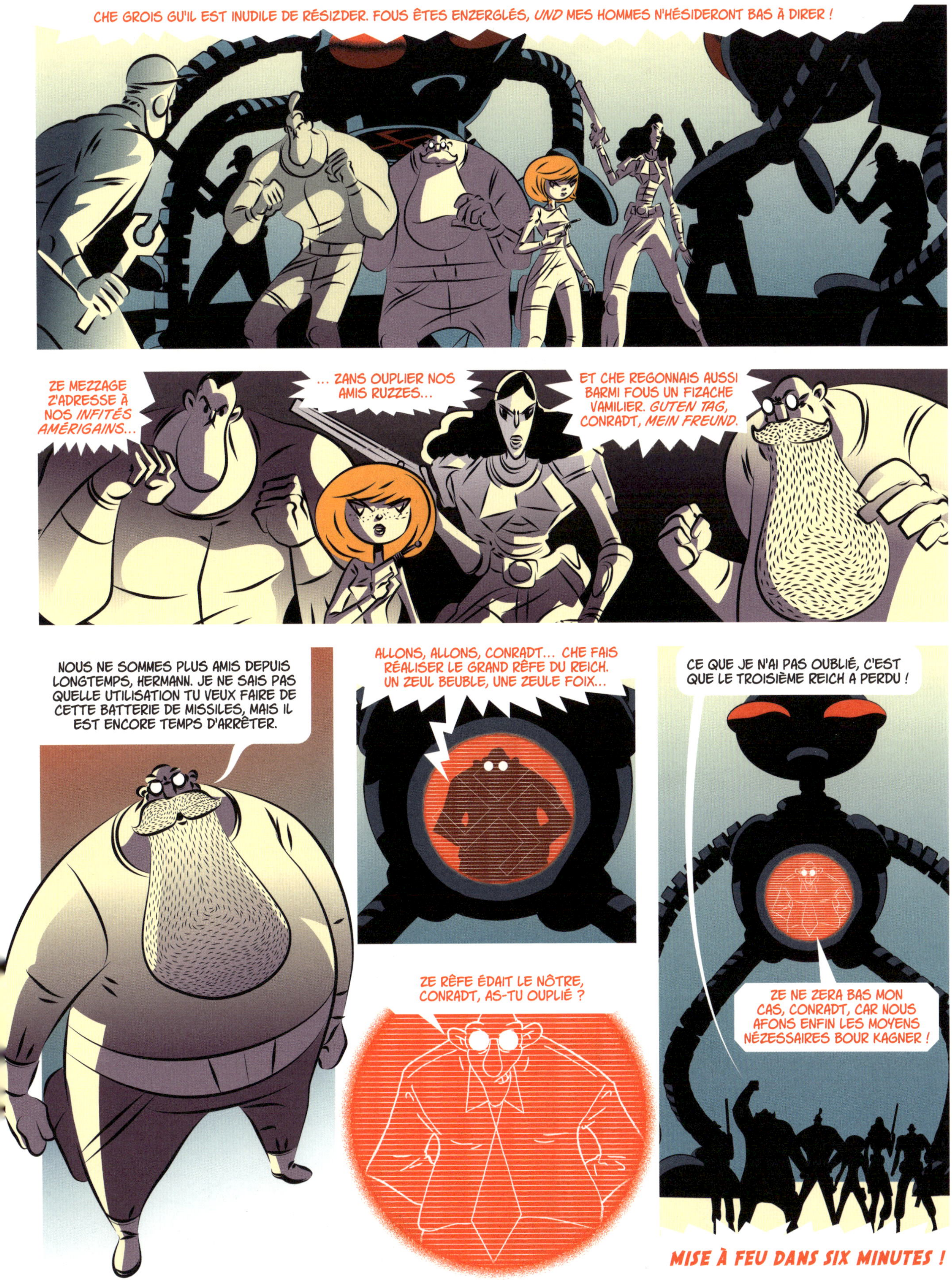
CHE GROIS GU'IL EST INUDILE DE RÉSIZDER. FOUS ÊTES ENZERGLÉS, *UND* MES HOMMES N'HÉSIDERONT BAS À DIRER !
ZE MEZZAGE Z'ADRESSE À NOS *INFITÉS AMÉRIGAINS*...
... ZANS OUPLIER NOS AMIS RUZZES...
ET CHE REGONNAIS AUSSI BARMI FOUS UN FIZACHE VAMILIER. *GUTEN TAG*, CONRADT, *MEIN FREUND*.
NOUS NE SOMMES PLUS AMIS DEPUIS LONGTEMPS, HERMANN. JE NE SAIS PAS QUELLE UTILISATION TU VEUX FAIRE DE CETTE BATTERIE DE MISSILES, MAIS IL EST ENCORE TEMPS D'ARRÊTER.
ALLONS, ALLONS, CONRADT... CHE FAIS RÉALISER LE GRAND RÊFE DU REICH. UN ZEUL BEUBLE, UNE ZEULE FOIX...
ZE RÊFE ÉDAIT LE NÔTRE, CONRADT, AS-TU OUPLIÉ ?
CE QUE JE N'AI PAS OUBLIÉ, C'EST QUE LE TROISIÈME REICH A PERDU !
ZE NE ZERA BAS MON CAS, CONRADT, CAR NOUS AFONS ENFIN LES MOYENS NÉZESSAIRES BOUR KAGNER !
MISE À FEU DANS SIX MINUTES !

TOI ET DES AMIS ARRIFEZ DROP DARD !
AVANCEZ, ALLEZ ! SCHNELL !
OUTCH !
CHTONK
OUAIS, C'EST BON, POUSSEZ PAS !
LIEBER GOTT...
HERMANN ÉTAIT MON AMI, À L'ÉPOQUE. MAIS IL A BIEN CHANGÉ...
QU'EST-CE QUE VOUS CHANTEZ LÀ, PROFESSEUR ? C'EST UN NAZI : CES GENS-LÀ NE CHANGENT PAS...
C'EST DEVENU UN FANATIQUE...
VOUS SAVEZ, PROFESSEUR, WALLACE A RAISON...
PARDI, QUE J'AI RAISON...
HEIN ? QUOI ? J'AI RAISON ?
KRUGER N'A PAS CHANGÉ. MAIS C'EST VOUS, QUI AVEZ CHANGÉ. EN MIEUX.
JE VOUS REMERCIE, MADEMOISELLE JONES.
PUISQUE TOUT REVENU DANS ORDRE, TEMPS DE PASSER À SUITE !

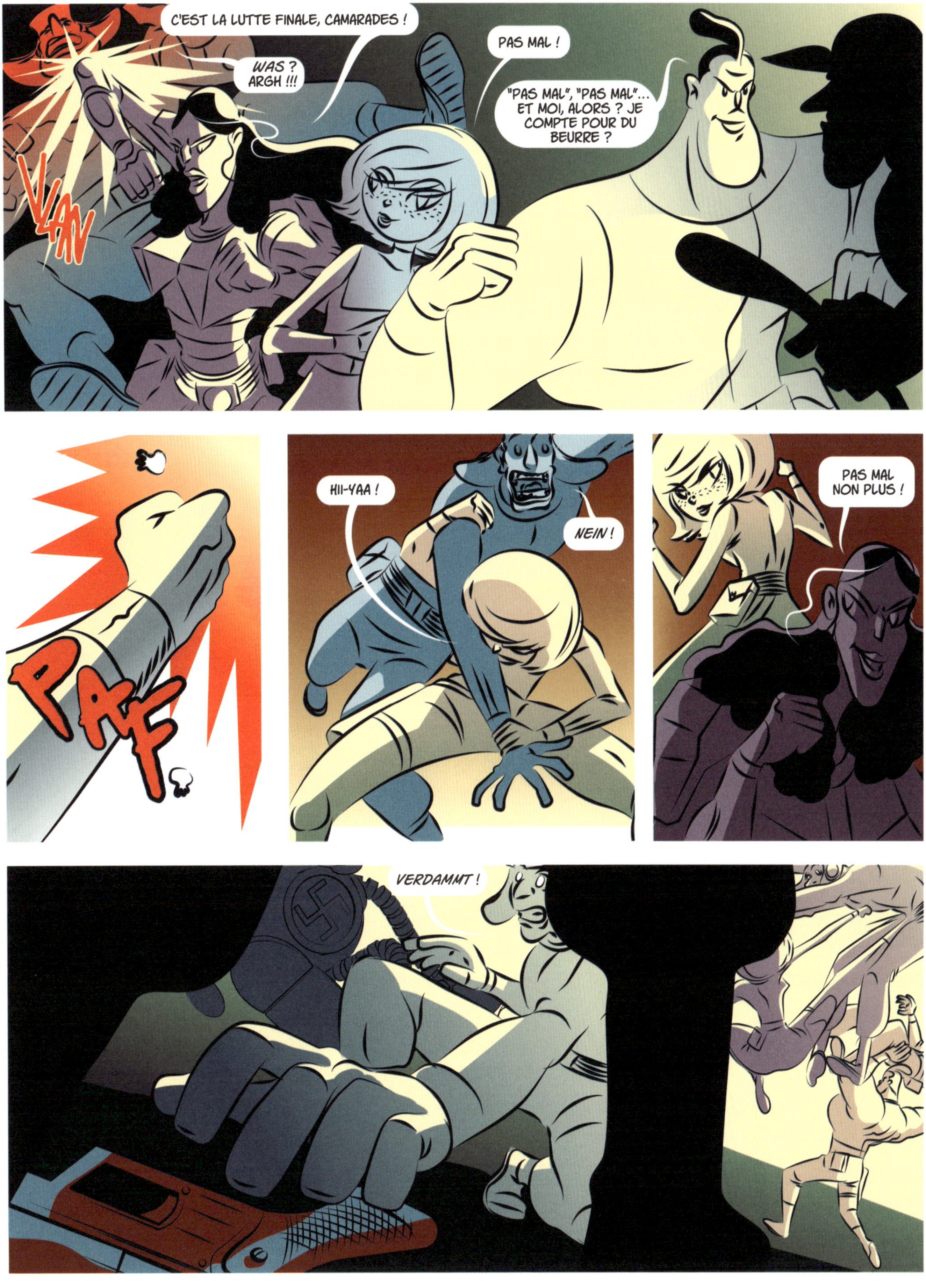

C'EST LA LUTTE FINALE, CAMARADES !
WAS ? ARGH !!!
VLAN
PAS MAL !
"PAS MAL", "PAS MAL"... ET MOI, ALORS ? JE COMPTE POUR DU BEURRE ?
PAF
HII-YAA !
NEIN !
PAS MAL NON PLUS !
VERDAMMT !

KRAK
WHAHAAAA !
VOUS AVEZ ÉTÉ BIEN AIMABLE DE RAMASSER CETTE ARME POUR NOUS, MON CHER...
... MAIS JE CROIS QUE NOUS N'AVONS PLUS BESOIN DE VOS SERVICES !
DÉGUERPISSEZ !
MES AMIS, NOUS N'AVONS QUE QUELQUES MINUTES AVANT QUE CES SOLDATS NE RETROUVENT LEURS ESPRITS ET REJOIGNENT LEURS COLLÈGUES. ALLONS GLISSER QUELQUES GRAINS DE SABLE DANS LES ROUAGES DE LA MACHINE NAZIE...
... JE SAIS PAR OÙ COMMENCER !

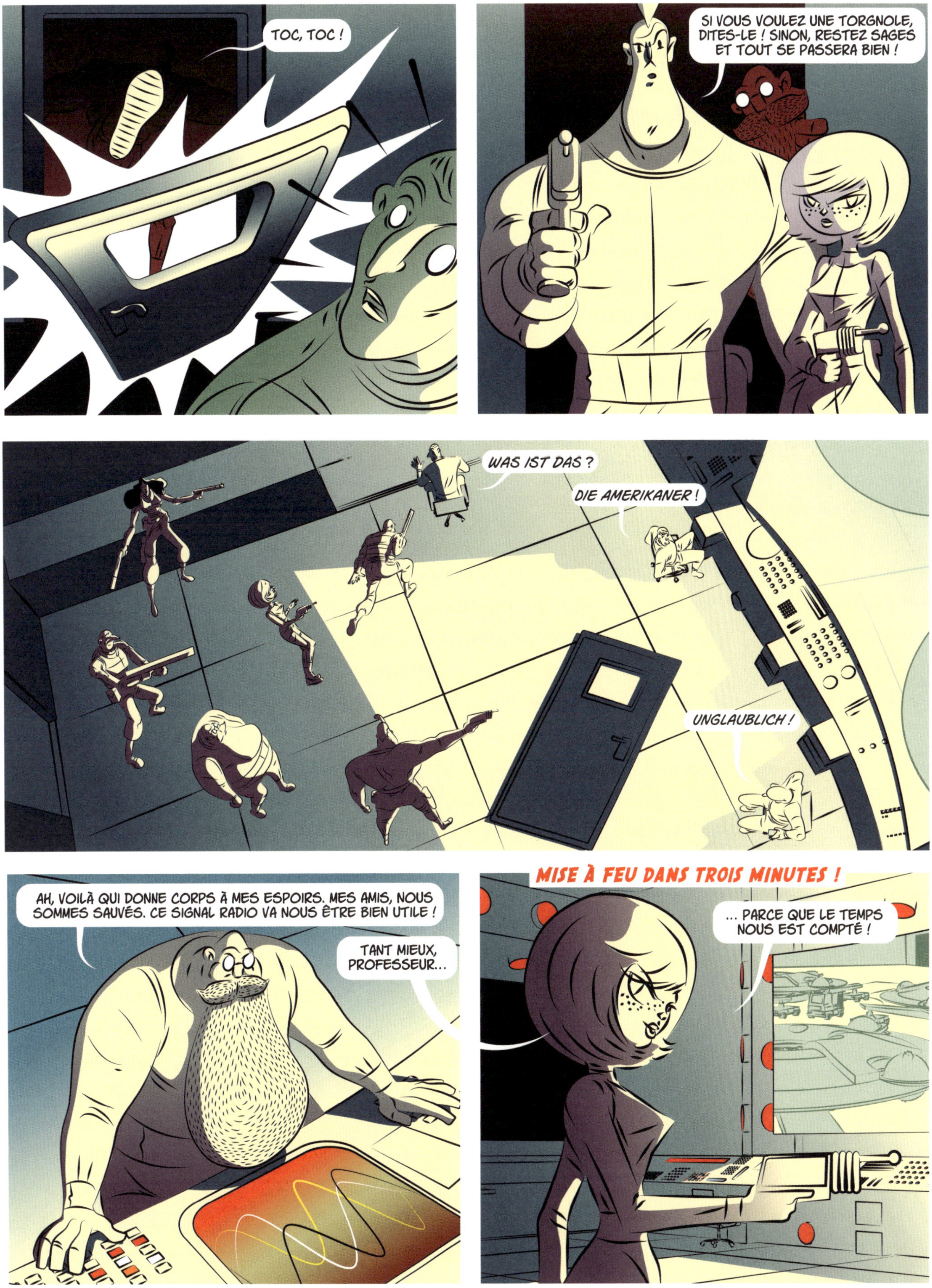
TOC, TOC !
SI VOUS VOULEZ UNE TORGNOLE, DITES-LE ! SINON, RESTEZ SAGES ET TOUT SE PASSERA BIEN !
WAS IST DAS ?
DIE AMERIKANER !
UNGLAUBLICH !
AH, VOILÀ QUI DONNE CORPS À MES ESPOIRS. MES AMIS, NOUS SOMMES SAUVÉS. CE SIGNAL RADIO VA NOUS ÊTRE BIEN UTILE !
TANT MIEUX, PROFESSEUR...
MISE À FEU DANS TROIS MINUTES !
... PARCE QUE LE TEMPS NOUS EST COMPTÉ !

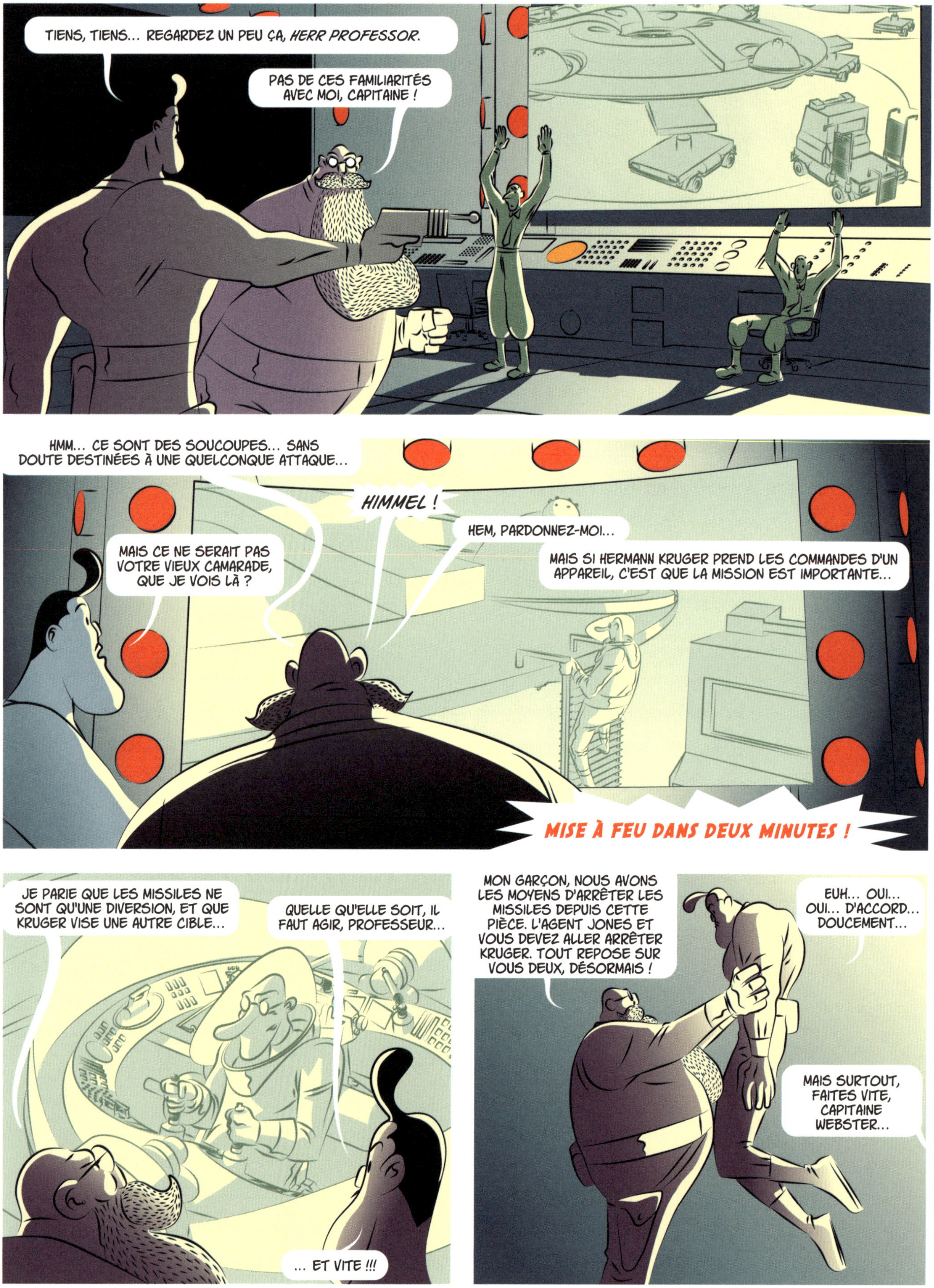
TIENS, TIENS... REGARDEZ UN PEU ÇA, *HERR PROFESSOR*.
PAS DE CES FAMILIARITÉS AVEC MOI, CAPITAINE !
HMM... CE SONT DES SOUCOUPES... SANS DOUTE DESTINÉES À UNE QUELCONQUE ATTAQUE...
MAIS CE NE SERAIT PAS VOTRE VIEUX CAMARADE, QUE JE VOIS LÀ ?
HIMMEL !
HEM, PARDONNEZ-MOI...
MAIS SI HERMANN KRUGER PREND LES COMMANDES D'UN APPAREIL, C'EST QUE LA MISSION EST IMPORTANTE...
MISE À FEU DANS DEUX MINUTES !
JE PARIE QUE LES MISSILES NE SONT QU'UNE DIVERSION, ET QUE KRUGER VISE UNE AUTRE CIBLE...
QUELLE QU'ELLE SOIT, IL FAUT AGIR, PROFESSEUR...
... ET VITE !!!
MON GARÇON, NOUS AVONS LES MOYENS D'ARRÊTER LES MISSILES DEPUIS CETTE PIÈCE. L'AGENT JONES ET VOUS DEVEZ ALLER ARRÊTER KRUGER. TOUT REPOSE SUR VOUS DEUX, DÉSORMAIS !
EUH... OUI... OUI... D'ACCORD... DOUCEMENT...
MAIS SURTOUT, FAITES VITE, CAPITAINE WEBSTER...

MISE À FEU DANS UNE MINUTE !
… CAR LES MISSILES VONT DÉCOLLER D'UN INSTANT À L'AUTRE !
MISE À FEU DANS TRENTE SECONDES !
VRAAOOOOUUUUUMMM
IL FAUT AGIR MAINTENANT !

DÉCOLLAGE !

JONES, AVEC MOI !
DITES DONC, CAPITAINE, J'IMAGINE QUE VOUS AVEZ UNE IDÉE EN TÊTE, MAIS VOUS POURRIEZ AU MOINS ME DIRE OÙ L'ON VA !
AU HANGAR DES SOUCOUPES, JONES...
ON A UN TAXI À PRENDRE !
IZI L'*OBERSTURMBANNFÜHRER* KRUGER. ABBEL À DOUDE L'EZGADRILLE...
DÉGOLLACHE IMMÉDIAT, EN VORMAZION D'ADDAGUE !
NOUS VRAPPERONS GUAND LES MIZZILES AURONT DOUCHÉ LEUR ZIBLE !

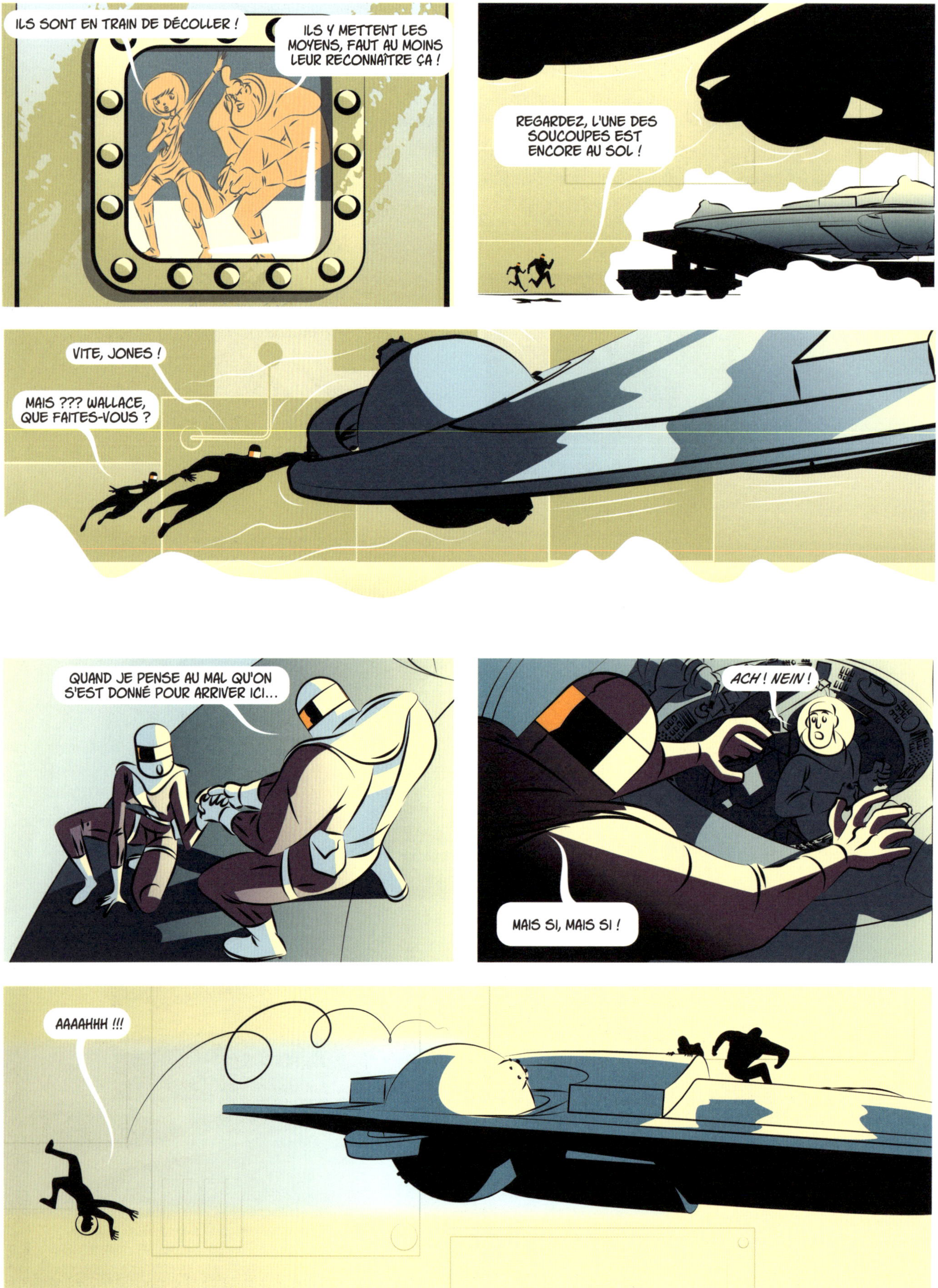

ILS SONT EN TRAIN DE DÉCOLLER !
ILS Y METTENT LES MOYENS, FAUT AU MOINS LEUR RECONNAÎTRE ÇA !
REGARDEZ, L'UNE DES SOUCOUPES EST ENCORE AU SOL !
VITE, JONES !
MAIS ??? WALLACE, QUE FAITES-VOUS ?
QUAND JE PENSE AU MAL QU'ON S'EST DONNÉ POUR ARRIVER ICI...
ACH ! NEIN !
MAIS SI, MAIS SI !
AAAAHHH !!!

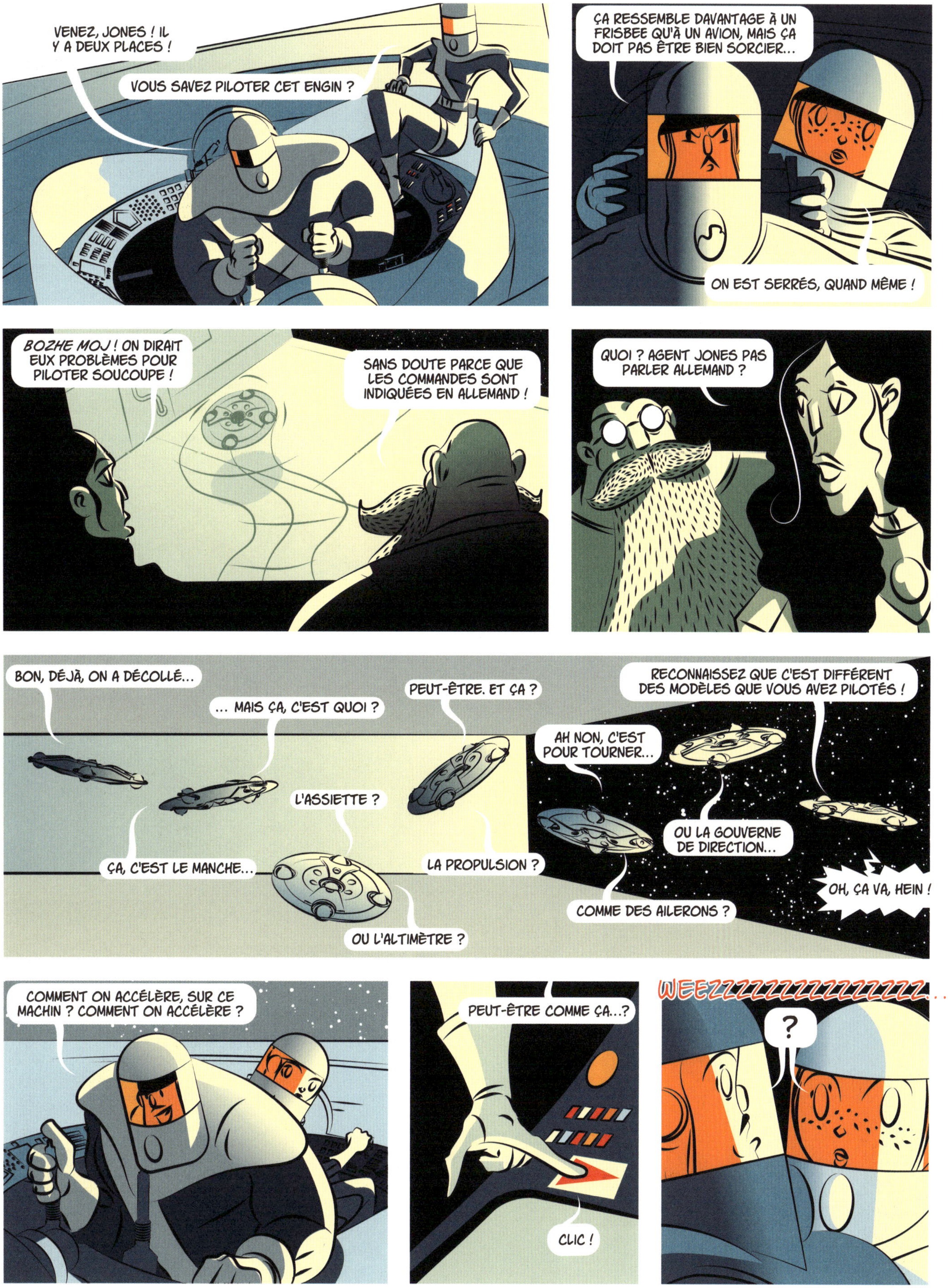
VENEZ, JONES ! IL Y A DEUX PLACES !
VOUS SAVEZ PILOTER CET ENGIN ?
ÇA RESSEMBLE DAVANTAGE À UN FRISBEE QU'À UN AVION, MAIS ÇA DOIT PAS ÊTRE BIEN SORCIER…
ON EST SERRÉS, QUAND MÊME !
BOZHE MOJ ! ON DIRAIT EUX PROBLÈMES POUR PILOTER SOUCOUPE !
SANS DOUTE PARCE QUE LES COMMANDES SONT INDIQUÉES EN ALLEMAND !
QUOI ? AGENT JONES PAS PARLER ALLEMAND ?
BON, DÉJÀ, ON A DÉCOLLÉ…
… MAIS ÇA, C'EST QUOI ?
ÇA, C'EST LE MANCHE…
L'ASSIETTE ?
OU L'ALTIMÈTRE ?
PEUT-ÊTRE. ET ÇA ?
LA PROPULSION ?
AH NON, C'EST POUR TOURNER…
OU LA GOUVERNE DE DIRECTION…
COMME DES AILERONS ?
RECONNAISSEZ QUE C'EST DIFFÉRENT DES MODÈLES QUE VOUS AVEZ PILOTÉS !
OH, ÇA VA, HEIN !
COMMENT ON ACCÉLÈRE, SUR CE MACHIN ? COMMENT ON ACCÉLÈRE ?
PEUT-ÊTRE COMME ÇA…?
CLIC !
WEEZZZZZZZZZZZZZZZZ…
?

"CAMARADES ONT DÉCOLLÉ !"
ENDLICH ! JE CROIS QUE VOUS POUVEZ CONTACTER VOS AMIS SUR TERRE, MA CHÈRE...
DA ! EXCELLENTE IDÉE !
NOUS NOUS CHARGEONS DES MISSILES, À VOUS DE VOUS OCCUPER DE L'ESCADRILLE ! D'APRÈS LA TRAJECTOIRE DES SOUCOUPES, ILS SE DIRIGENT VERS VOUS !
NOUS SERONS PRÊTS !
MES CHERS COMPAGNONS, NOUS N'AVONS PAS ÉTÉ LIBÉRÉS POUR NOS BEAUX YEUX ! IL EST TEMPS DE MONTRER CE QU'ON SAIT FAIRE ! DÉPÊCHONS-NOUS...
"... NOS INVITÉS ARRIVENT !"
COMMENT ON FREINE ?! COMMENT ON FREINE ?!
ATTENDEZ... UN... INSTANT... CAPITAINE WEBSTER... JE CROIS QUE JE VIENS DE TROUVER LE LEVIER DE VITESSE !
VOILÀ... C'EST BIEN CE QUE JE DISAIS. UNE FOIS QU'ON A COMPRIS, C'EST PAS BIEN SORCIER...
WALLACE, REGARDEZ ! DEVANT NOUS !

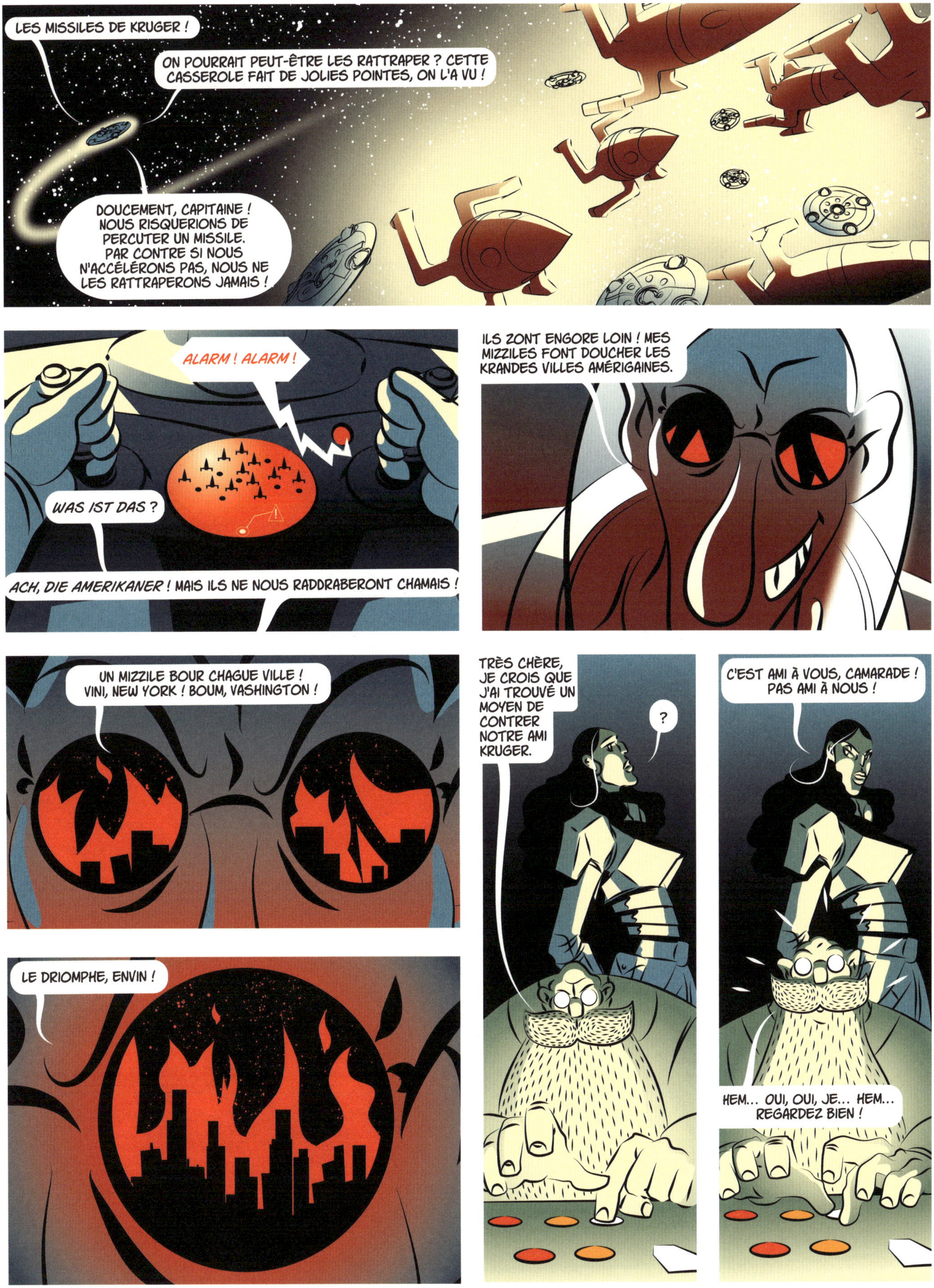

LES MISSILES DE KRUGER !
ON POURRAIT PEUT-ÊTRE LES RATTRAPER ? CETTE CASSEROLE FAIT DE JOLIES POINTES, ON L'A VU !
DOUCEMENT, CAPITAINE ! NOUS RISQUERIONS DE PERCUTER UN MISSILE. PAR CONTRE SI NOUS N'ACCÉLÉRONS PAS, NOUS NE LES RATTRAPERONS JAMAIS !
ALARM ! ALARM !
WAS IST DAS ?
ACH, DIE AMERIKANER ! MAIS ILS NE NOUS RADDRABERONT CHAMAIS !
ILS ZONT ENGORE LOIN ! MES MIZZILES FONT DOUCHER LES KRANDES VILLES AMÉRIGAINES.
UN MIZZILE BOUR CHAGUE VILLE ! VINI, NEW YORK ! BOUM, VASHINGTON !
LE DRIOMPHE, ENVIN !
TRÈS CHÈRE, JE CROIS QUE J'AI TROUVÉ UN MOYEN DE CONTRER NOTRE AMI KRUGER.
?
C'EST AMI À VOUS, CAMARADE ! PAS AMI À NOUS !
HEM... OUI, OUI, JE... HEM... REGARDEZ BIEN !

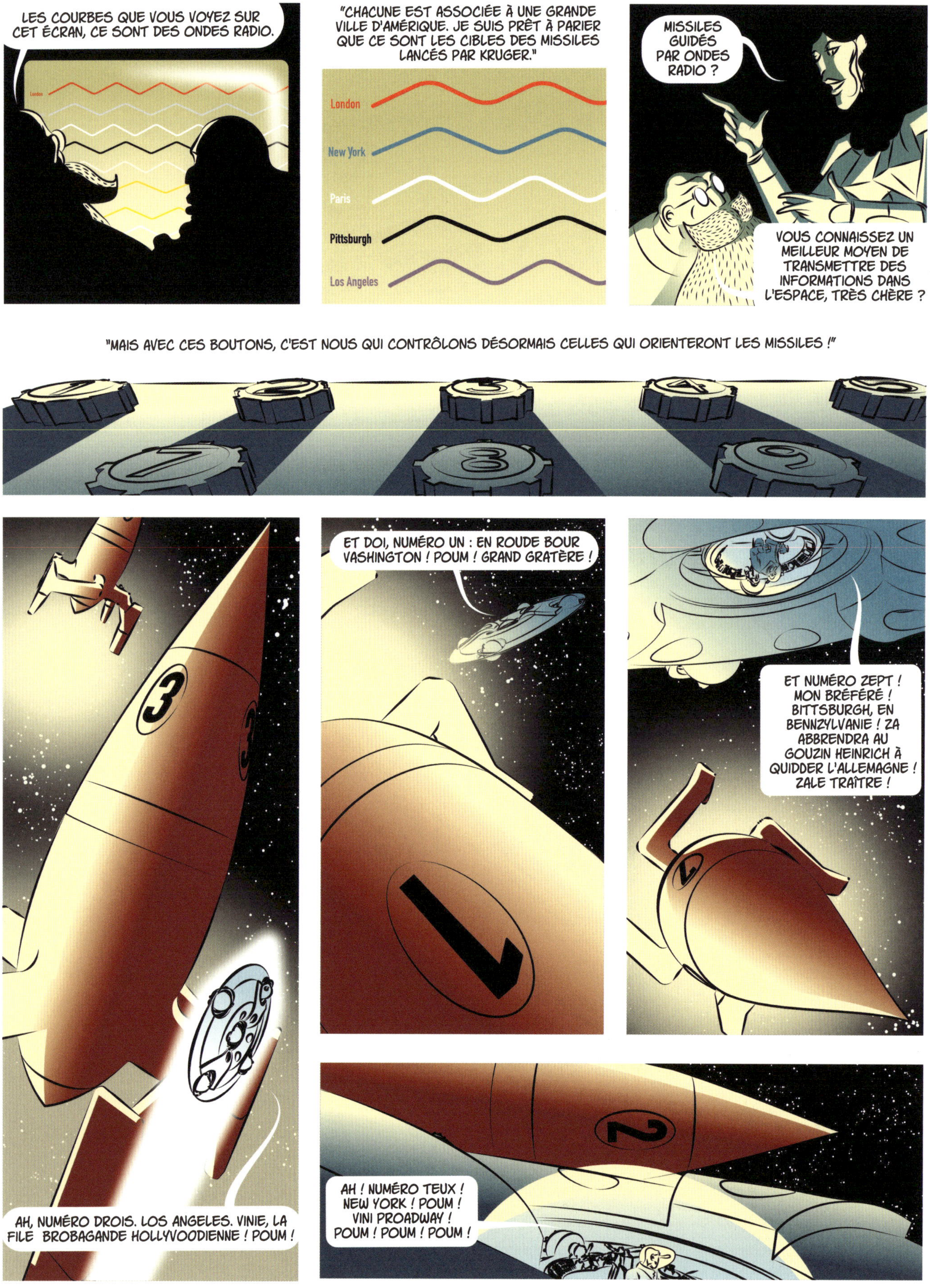
LES COURBES QUE VOUS VOYEZ SUR CET ÉCRAN, CE SONT DES ONDES RADIO.
"CHACUNE EST ASSOCIÉE À UNE GRANDE VILLE D'AMÉRIQUE. JE SUIS PRÊT À PARIER QUE CE SONT LES CIBLES DES MISSILES LANCÉS PAR KRUGER."
London
New York
Paris
Pittsburgh
Los Angeles
MISSILES GUIDÉS PAR ONDES RADIO ?
VOUS CONNAISSEZ UN MEILLEUR MOYEN DE TRANSMETTRE DES INFORMATIONS DANS L'ESPACE, TRÈS CHÈRE ?
"MAIS AVEC CES BOUTONS, C'EST NOUS QUI CONTRÔLONS DÉSORMAIS CELLES QUI ORIENTERONT LES MISSILES !"
AH, NUMÉRO DROIS. LOS ANGELES. VINIE, LA FILE BROBAGANDE HOLLYVOODIENNE ! POUM !
ET DOI, NUMÉRO UN : EN ROUDE BOUR VASHINGTON ! POUM ! GRAND GRATÈRE !
ET NUMÉRO ZEPT ! MON BRÉFÉRÉ ! BITTSBURGH, EN BENNZYLVANIE ! ZA ABBRENDRA AU GOUZIN HEINRICH À QUIDDER L'ALLEMAGNE ! ZALE TRAÎTRE !
AH ! NUMÉRO TEUX ! NEW YORK ! POUM ! VINI PROADWAY ! POUM ! POUM ! POUM !

ET NOUS ALLONS LEUR DONNER L'ORDRE DE...
"... VIRER DE BORD !!!"
WAS IM HIMMEL ?!?!
TRÈS CHÈRE IRINA, JE CROIS QUE LES MISSILES...
...
"... NE SONT PLUS UNE MENACE POUR LA TERRE !"
M...
M... M...
MEINE CHOLIS MIZZILES !!!

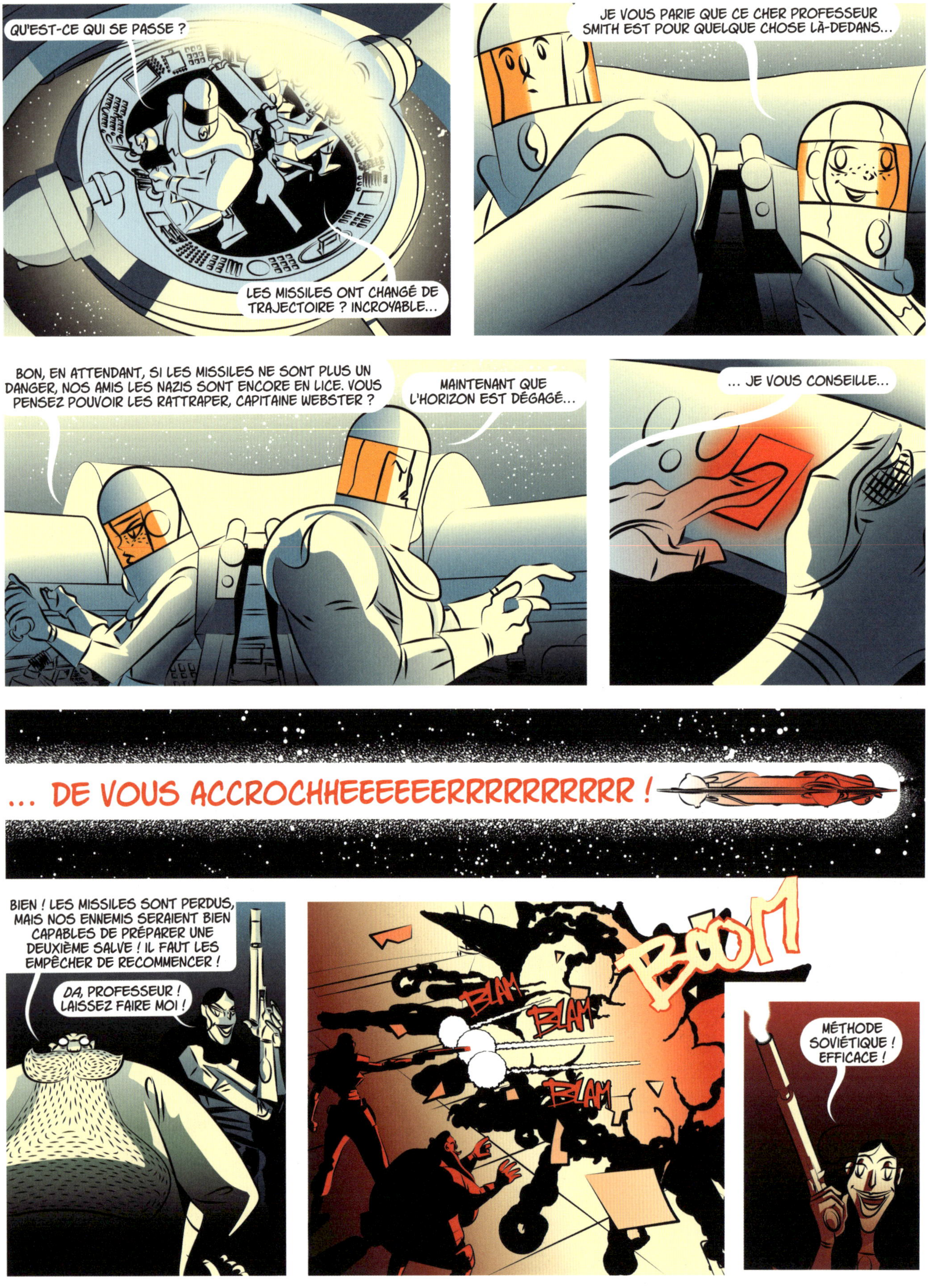
QU'EST-CE QUI SE PASSE ?
LES MISSILES ONT CHANGÉ DE TRAJECTOIRE ? INCROYABLE...
JE VOUS PARIE QUE CE CHER PROFESSEUR SMITH EST POUR QUELQUE CHOSE LÀ-DEDANS...
BON, EN ATTENDANT, SI LES MISSILES NE SONT PLUS UN DANGER, NOS AMIS LES NAZIS SONT ENCORE EN LICE. VOUS PENSEZ POUVOIR LES RATTRAPER, CAPITAINE WEBSTER ?
MAINTENANT QUE L'HORIZON EST DÉGAGÉ...
... JE VOUS CONSEILLE...
... DE VOUS ACCROCHHEEEEEERRRRRRRRR !
BIEN ! LES MISSILES SONT PERDUS, MAIS NOS ENNEMIS SERAIENT BIEN CAPABLES DE PRÉPARER UNE DEUXIÈME SALVE ! IL FAUT LES EMPÊCHER DE RECOMMENCER !
DA, PROFESSEUR ! LAISSEZ FAIRE MOI !
BLAM
BLAM
BLAM
BOOM
MÉTHODE SOVIÉTIQUE ! EFFICACE !

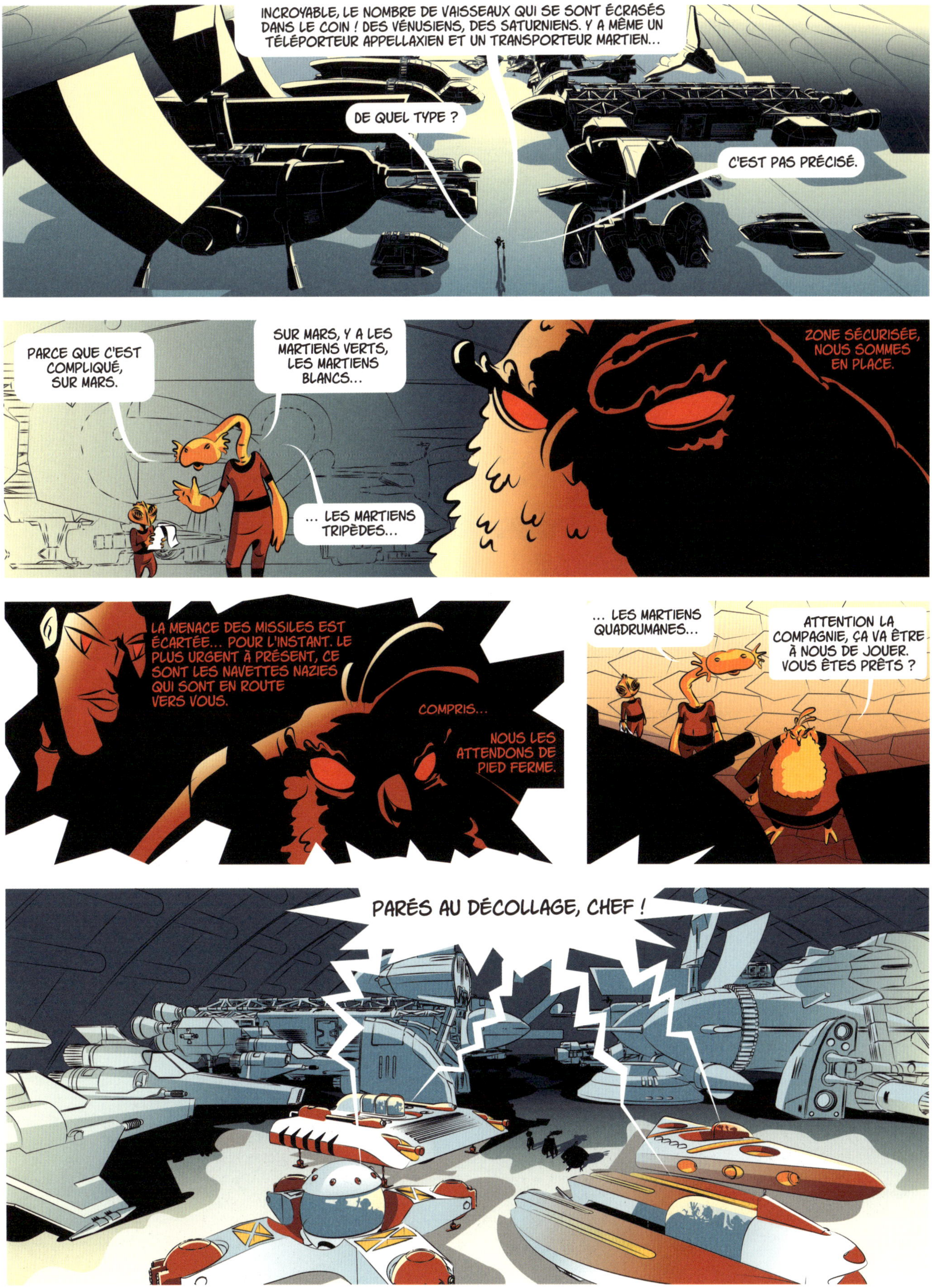
INCROYABLE, LE NOMBRE DE VAISSEAUX QUI SE SONT ÉCRASÉS DANS LE COIN ! DES VÉNUSIENS, DES SATURNIENS. Y A MÊME UN TÉLÉPORTEUR APPELLAXIEN ET UN TRANSPORTEUR MARTIEN…
DE QUEL TYPE ?
C'EST PAS PRÉCISÉ.
PARCE QUE C'EST COMPLIQUÉ, SUR MARS.
SUR MARS, Y A LES MARTIENS VERTS, LES MARTIENS BLANCS…
… LES MARTIENS TRIPÈDES…
ZONE SÉCURISÉE, NOUS SOMMES EN PLACE.
LA MENACE DES MISSILES EST ÉCARTÉE… POUR L'INSTANT. LE PLUS URGENT À PRÉSENT, CE SONT LES NAVETTES NAZIES QUI SONT EN ROUTE VERS VOUS.
COMPRIS…
NOUS LES ATTENDONS DE PIED FERME.
… LES MARTIENS QUADRUMANES…
ATTENTION LA COMPAGNIE, ÇA VA ÊTRE À NOUS DE JOUER. VOUS ÊTES PRÊTS ?
PARÉS AU DÉCOLLAGE, CHEF !

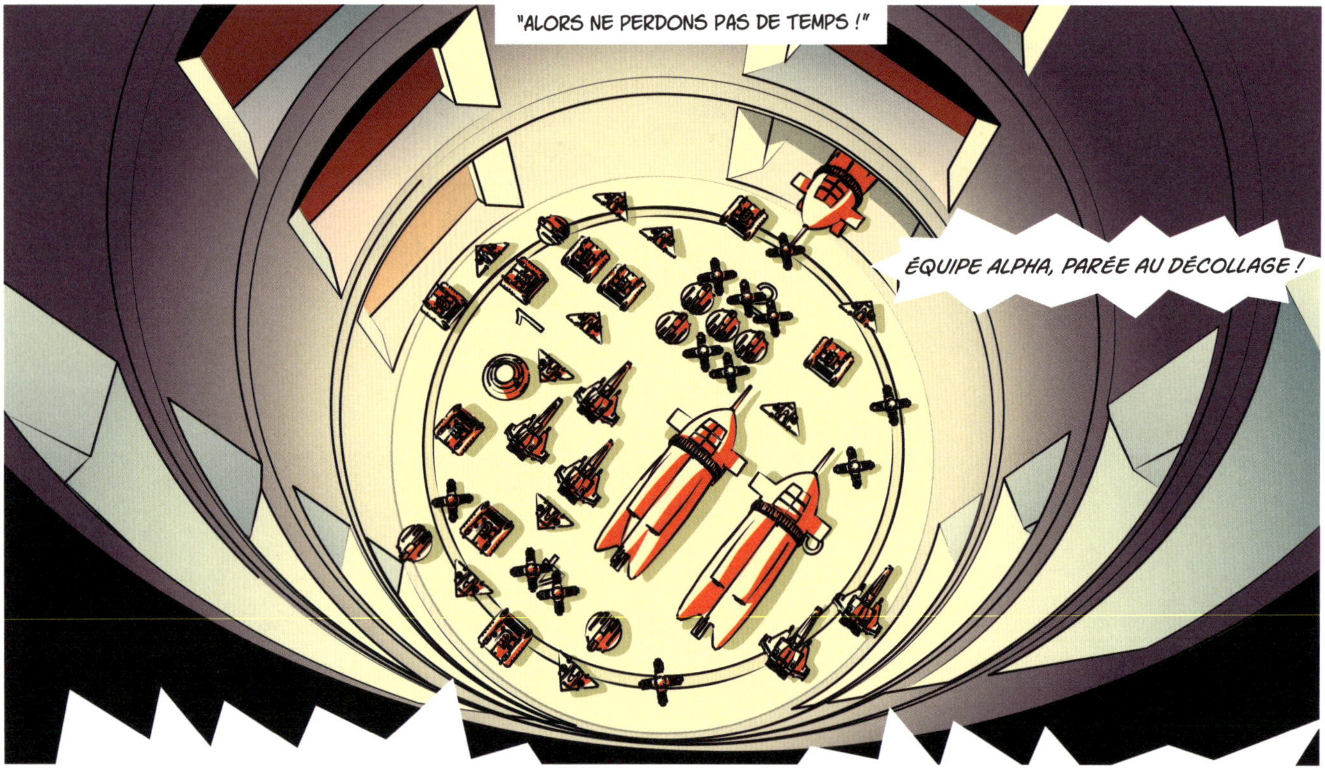
"ALORS NE PERDONS PAS DE TEMPS !"
ÉQUIPE ALPHA, PARÉE AU DÉCOLLAGE !
NOUS SOMMES LES BRIGADES INTERGALACTIQUES...
... ET NOUS AVONS DES ENVAHISSEURS À ARRÊTER !

NOUS VENONS DE DÉCOLLER, CAMARADE, ET NOUS ALLONS BIENTÔT QUITTER L'ATMOSPHÈRE TERRESTRE !
PRÊTS À ARRAISONNER L'ESCADRILLE ENNEMIE !

BIEN REÇU, CAMARADE ! NOUS OCCUPER NOUS DE NETTOYAGE, ICI !
DES NOUVELLES DE TERRE, PROFESSEUR ! PLAN SE PASSER SANS ACCROC ! COMME PRÉVU !
JEUNE MADAME, IL ME SEMBLE QUE VOUS AVEZ BEAUCOUP DE CHOSES À M'EXPLIQUER.
D'ACCORD, CAMARADE PROFESSEUR ! VOUS VENIR AVEC QUESTIONS, MOI VENIR AVEC RÉPONSES !
ACH ! PAR OÙ COMMENCER ? LA TÉLÉPATHIE ? NON, ÇA SERA SANS DOUTE TROP LONG EN FAIT, CE QUI M'ÉTONNE LE PLUS, C'EST VOTRE VAISSEAU !
COMMENT L'UNION SOVIÉTIQUE PEUT-ELLE POSSÉDER UNE TECHNOLOGIE QUI PERMET DE VOYAGER AINSI DANS L'ESPACE ?
HAHA ! NOUS FAIRE COMME AMÉRICAINS DANS ZONE 51 ! NOUS CAPTURER VAISSEAUX DES ÉTOILES ! MÈRE RUSSIE GRANDE ! BEAUCOUP VAISSEAUX TOMBER DEPUIS LONGTEMPS !
SCIENTIFIQUES À NOUS ÉTUDIER, MAIS PAS COMME VOUS ! NON, RUSSES TRAVAILLER AVEC VISITEURS. ÉCHANGER, APPRENDRE. MAIS UN JOUR, ACCIDENT. VAISSEAU EXPLOSER, ET TOUS LES AUTRES DÉTRUITS. GROS TROU DANS FORÊT, EN SIBÉRIE !
SERIEZ-VOUS EN TRAIN DE PARLER DE CE QUI S'EST PASSÉ EN 1908...
... DANS LA TOUNGOUSKA ?

AH, VOUS DÉJÀ SAVOIR ! BONS ESPIONS EN AMÉRIQUE AUSSI ! OUI, TOUNGOUSKA, GRANDE CATASTROPHE ! TECHNOLOGIE DÉTRUITE, TRAVAIL PERDU, BEAUCOUP RETARD !
NÉCESSAIRE ESPIONNER AMÉRICAINS DANS NEVADA !
NIET, CAMARADES ! PAS D'HUMEUR, AUJOURD'HUI !
EUH...
VOUS LAISSER TRANQUILLES NOUS, *DA* ?
PROFESSEUR, ALLEMANDS PAS DANGER DU TOUT ! JE CROIS BASE ÊTRE À NOUS !
EN EFFET, JE PENSE QUE NOUS N'ALLONS PLUS GUÈRE RENCONTRER DE RÉSISTANCE... MAIS VOUS AVEZ ATTISÉ MA CURIOSITÉ, TRÈS CHÈRE...

... J'AI ENCORE TANT DE QUESTIONS À VOUS POSER... MAIS N'EST-IL PAS DANGEREUX DE RESTER AINSI À DÉCOUVERT ? LES SOLDATS ALLEMANDS QUI SONT ENCORE DANS LA BASE POURRAIENT...
PAS SOUCI, CAMARADE PROFESSEUR ! SI EUX POUVOIR TUER NOUS, NOUS DÉJÀ MORTS !
SEULEMENT QUELQUES GARDES, DÉSARMÉS PAR NOUS, ET QUELQUES MÉCANOS ! *NIET PROBLEM* !
MAIS QU'EST-CE QUE NOUS ALLONS FAIRE, ALORS ?
VOUS BEAUCOUP QUESTIONS ? NOUS PARLER !
PARLER BEAUCOUP... ET ATTENDRE !
MAIS AVANT ÇA, MOI APPRENDRE NOUVEAU TOUR À VOUS !

ACH ! ILS NE BERDENT RIEN BOUR ADDENDRE !
AMÉRIGAINS DÉCHÉNÉRÉS ! ILS ONT DÉDRUIT MES MIZZILES !
NOUS ALLONS LEUR FOLER LEUR BLUS KRAND ZEGRET ! LEUR DEGNOLOCHIE FUDURISDE ! VINIE, LEUR ZUBÉRIORITÉ ! VINIE, LEUR...
WAS...
"... IST DAS ?"
ACH ! CH'AI GOMBRIS !
ZE ZONT DES ABBAREILS EGSTRADERRESTRES ! ILS ONT DÉGOLLÉ DEBUIS LA SONE 51 !

FZAPP
FZAPP

ILS OUFRENT LE VEU ZUR NOUS ! EN VORMATION DE GOMBAT ! SCHNELL !
JAWOHL, HERR OBERSTURMBANNFÜHRER !
À L'ADDAQUE !
FEUER !

ON FAIT UNE BONNE ÉQUIPE, LES GARS ! VOUS CROYEZ PAS QU'IL NOUS FAUDRAIT UN NOM ?
L'ESCADRILLE DE LA 51 ? LE 102e ESCADRON ?
J'AI TROUVÉ ! L'ESCADRON TOUNGOUSKA !
AAAAHH ! JE SUIS TOUCHÉ !

POUR TOUNGOUSKA !

POUR TOUNGOUSKA !
POUR TOUNGOUSKA !
POUR TOUNGOUSKA !
ACH ! FOUS FOULEZ LA QUERRE, GIENS D'ÉTRANCHERS ?
FOUS ALLEZ L'AFOIR ! NOUS VINIRONS BAR BASSER !
REGARDEZ, JONES ! NOUS LES AVONS RATTRAPÉS !
WOOHH
AHHHHHHHHHH !!!!!
MAIS... ON DIRAIT QU'ILS...
... SE BATTENT DÉJÀ !

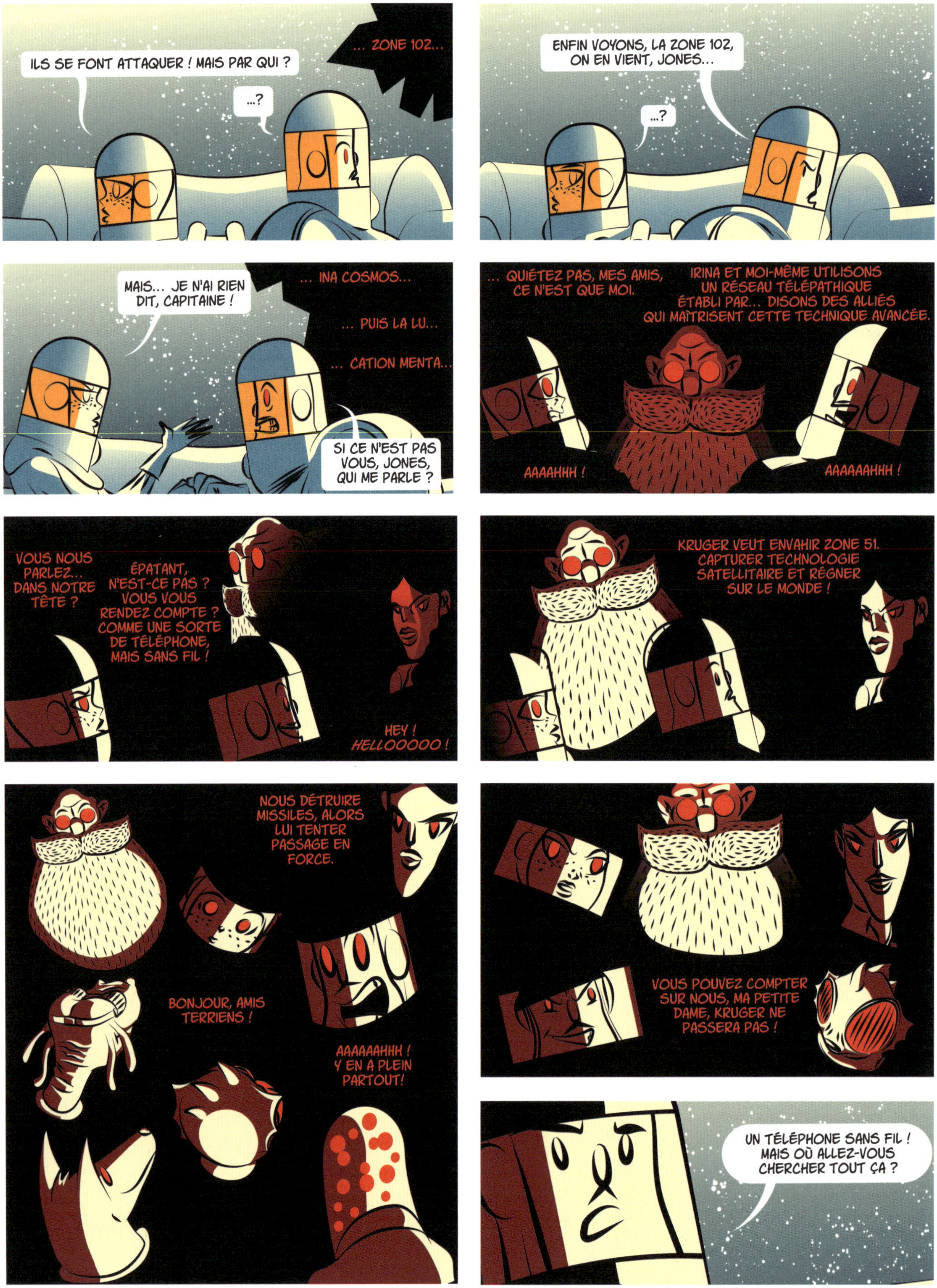
... ZONE 102...
ILS SE FONT ATTAQUER ! MAIS PAR QUI ?
...?
ENFIN VOYONS, LA ZONE 102, ON EN VIENT, JONES...
...?
... INA COSMOS...
MAIS... JE N'AI RIEN DIT, CAPITAINE !
... PUIS LA LU...
... CATION MENTA...
SI CE N'EST PAS VOUS, JONES, QUI ME PARLE ?
... QUIÉTEZ PAS, MES AMIS, CE N'EST QUE MOI.
IRINA ET MOI-MÊME UTILISONS UN RÉSEAU TÉLÉPATHIQUE ÉTABLI PAR... DISONS DES ALLIÉS QUI MAÎTRISENT CETTE TECHNIQUE AVANCÉE.
AAAAHHH !
AAAAAAHHH !
VOUS NOUS PARLEZ... DANS NOTRE TÊTE ?
ÉPATANT, N'EST-CE PAS ? VOUS VOUS RENDEZ COMPTE ? COMME UNE SORTE DE TÉLÉPHONE, MAIS SANS FIL !
HEY ! HELLOOOOO !
KRUGER VEUT ENVAHIR ZONE 51. CAPTURER TECHNOLOGIE SATELLITAIRE ET RÉGNER SUR LE MONDE !
NOUS DÉTRUIRE MISSILES, ALORS LUI TENTER PASSAGE EN FORCE.
BONJOUR, AMIS TERRIENS !
AAAAAAHHH ! Y EN A PLEIN PARTOUT!
VOUS POUVEZ COMPTER SUR NOUS, MA PETITE DAME, KRUGER NE PASSERA PAS !
UN TÉLÉPHONE SANS FIL ! MAIS OÙ ALLEZ-VOUS CHERCHER TOUT ÇA ?

CAPITAINE ! DEMI-TOUR ! C'EST KRUGER !
ZUT !
...?
VOUS ENVISAGEZ DE DESCENDRE KRUGER, CAPITAINE ?
MAIS VOUS NE CONNAISSEZ PAS L'ARSENAL DE CETTE SOUCOUPE !
DÉTROMPEZ-VOUS, JONES ! JE VIENS D'AVOIR UN COURS DE RATTRAPAGE, GRÂCE AU "TÉLÉPHONE SANS FIL" DE NOS NOUVEAUX POTES !
WAS IST DAS ?
UNGLAUBLICH ! ENGORE ZES ZALES VOUINEURS D'AMERIKANER !

ILS ONT PRIS LE NAZI EN CHASSE !
CAPITAINE TERRIEN ! NOUS COUVRONS VOS FLANCS ! RATTRAPEZ LE CHEF !
MERCI !
FLIEGENDE SCHWEINHUNDE ! FOUS NE M'AUREZ BAS FIFANT !

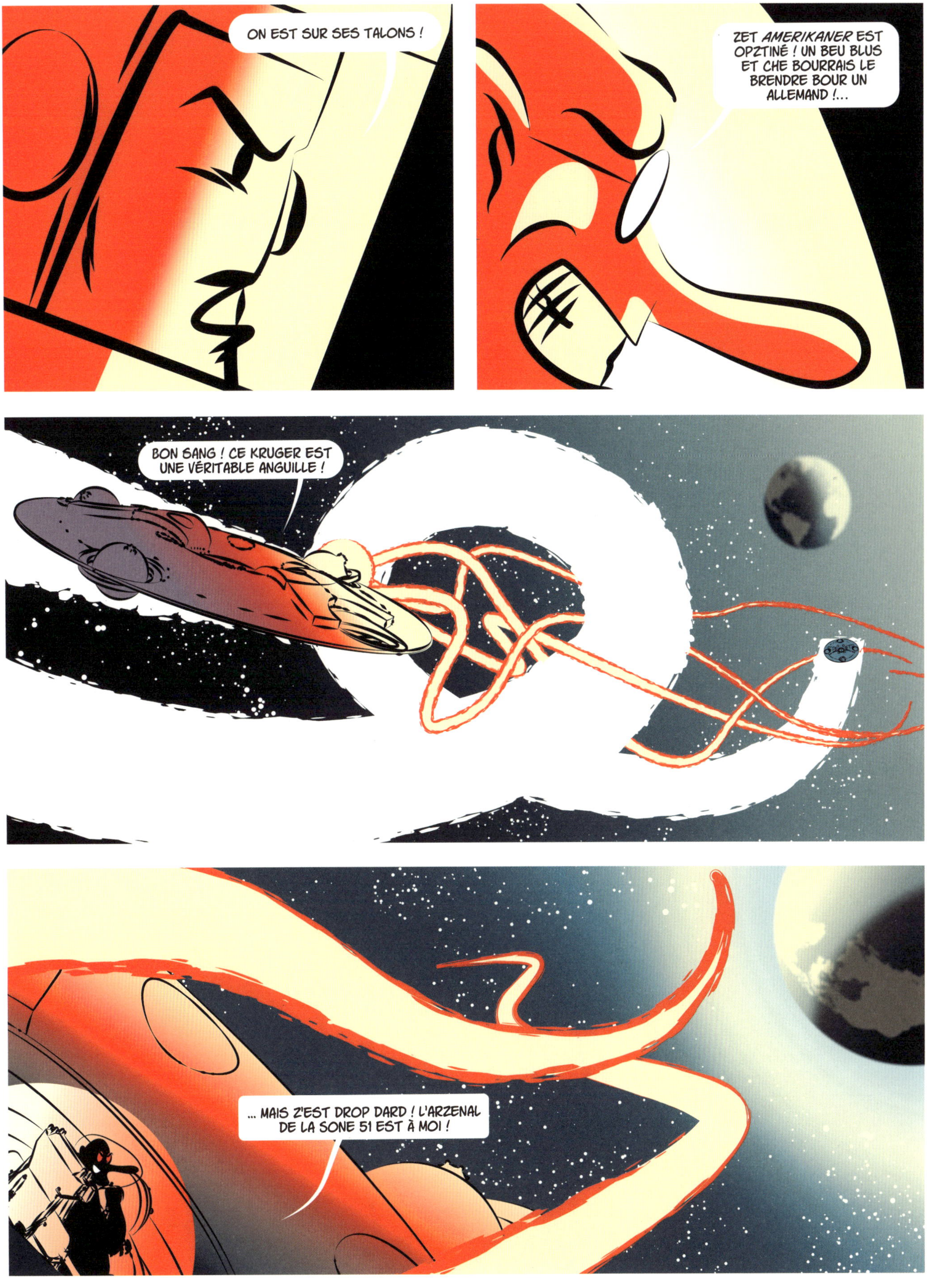
ON EST SUR SES TALONS !
ZET *AMERIKANER* EST OPZTINÉ ! UN BEU BLUS ET CHE BOURRAIS LE BRENDRE BOUR UN ALLEMAND !...
BON SANG ! CE KRUGER EST UNE VÉRITABLE ANGUILLE !
... MAIS Z'EST DROP DARD ! L'ARZENAL DE LA SONE 51 EST À MOI !

REGARDEZ ! C'EST L'AMÉRIQUE !
ON DISTINGUE LE NEVADA !
IL FONCE VERS LA ZONE 51 !
NE VOUS INQUIÉTEZ PAS, JONES...
CE SONT NOS ALLIÉS, EN BAS, ILS SAURONT L'ACCUEILLIR COMME IL LE MÉRITE !

ALERTE ! DEUX VAISSEAUX ENNEMIS SONT ENTRÉS DANS L'ATMOSPHÈRE ET ILS ARRIVENT À GRANDE VITESSE !
T'INQUIÈTE ! ON VA LES RECEVOIR...
FZZZZZ
... COMME ILS LE MÉRITENT !
VZAFF
ACH ! NEIN !
BRAOUM

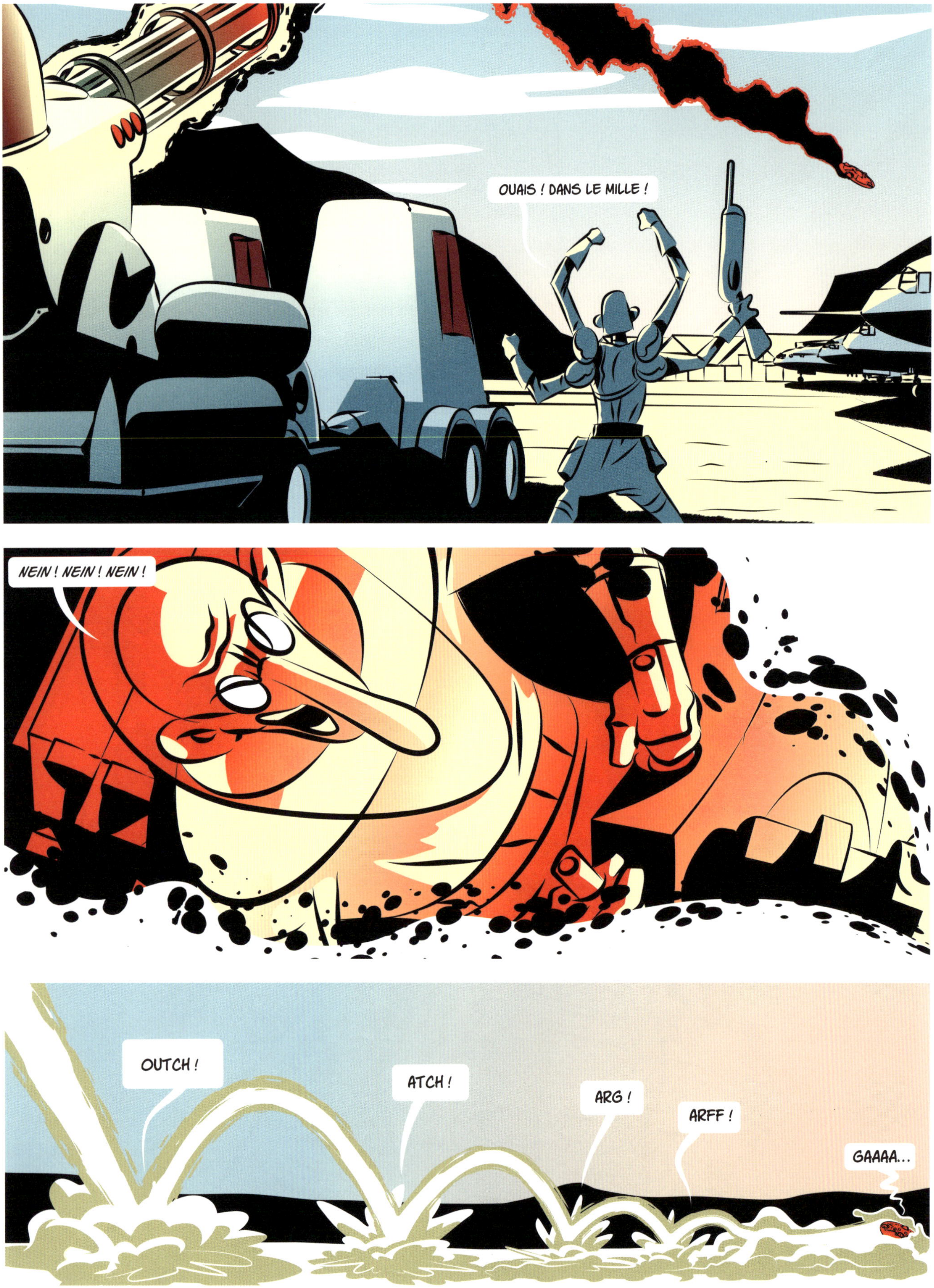
OUAIS ! DANS LE MILLE !
NEIN ! NEIN ! NEIN !
OUTCH !
ATCH !
ARG !
ARFF !
GAAAA...

À L'AUTRE, MAINTENANT !
FZZZZZ
BLAM !
ILS NOUS TIRENT DESSUS, CES IDIOTS !
C'EST NORMAL, CAPITAINE, NOUS SOMMES DANS UN APPAREIL ENNEMI !
ACCROCHEZ-VOUS, JONES ! ÇA VA SECOUER !
OUPS !
DÉJÀ QU'ILS SE RESSEMBLENT TOUS, CES VAISSEAUX TERRIENS... ALORS SI EN PLUS ILS SE LES ÉCHANGENT...
C'EST PAS COMME LES SOUCOUPES MARTIENNES : LÀ, MOI, JE M'Y CONNAIS, EN SOUCOUPES MARTIENNES...
AÏÏÏE !
OUILLE !
BOBO...
...

OUILLE...
SI VOUS NE ME L'AVIEZ PAS DIT, CAPITAINE...
... JE N'AURAIS PAS DEVINÉ QUE VOUS ÉTIEZ PILOTE !
PCHIIIT
RAVALEZ VOS SARCASMES, JONES ! ON N'A PAS FINI LE BOULOT !
REGARDEZ !
C'EST LE VAISSEAU DE KRUGER.
ON A DE LA CHANCE QUE LES GARS DE LA DCA TIRENT SUR TOUT CE QUI BOUGE !
TRÈS DRÔLE.

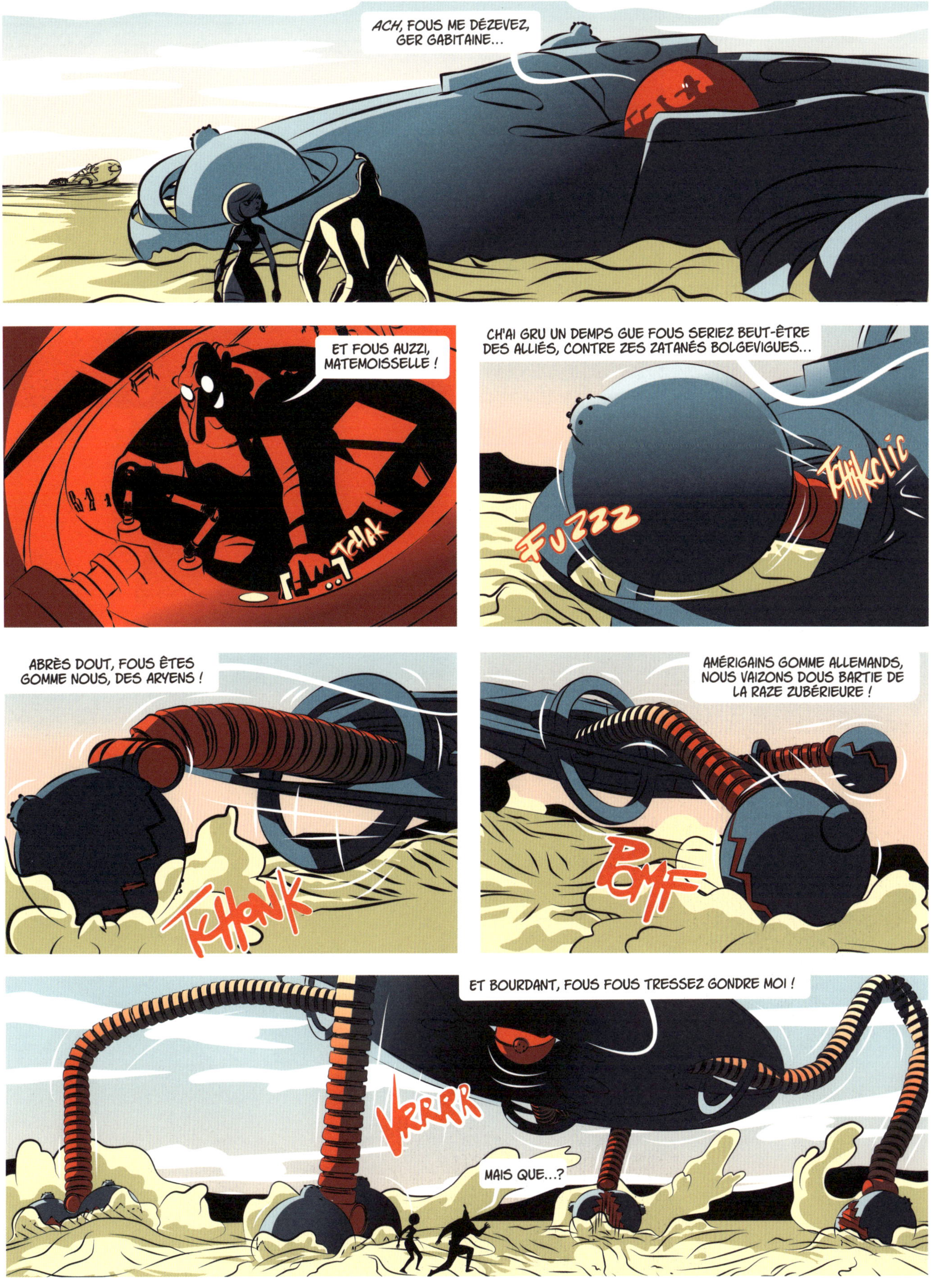
ACH, FOUS ME DÉZEVEZ, GER GABITAINE…
ET FOUS AUZZI, MATEMOISSELLE !
TCHAK
CH'AI GRU UN DEMPS GUE FOUS SERIEZ BEUT-ÊTRE DES ALLIÉS, CONTRE ZES ZATANÉS BOLGEVIGUES…
FUZZZ
TCHIKCLIC
ABRÈS DOUT, FOUS ÊTES GOMME NOUS, DES ARYENS !
TCHONK
AMÉRIGAINS GOMME ALLEMANDS, NOUS VAIZONS DOUS BARTIE DE LA RAZE ZUBÉRIEURE !
POMF
ET BOURDANT, FOUS FOUS TRESSEZ GONDRE MOI !
VRRRR
MAIS QUE…?

UND DÉSORMAIS, Z'EST VINI !

CHE ME ZUIS DROMBÉ !

CHE BENSAIS GUE L'AMÉRIGUE
ÉTAIT GOMME L'ALLEMAGNE...

... MAIS EN RÉALIDÉ, L'AMÉRIGUE EST DOUDE BEDIDE !

APPROCHE UN PEU, MON BONHOMME, ET TU VAS VOIR DE QUEL BOIS ELLE SE CHAUFFE, L'AMÉRIQUE !

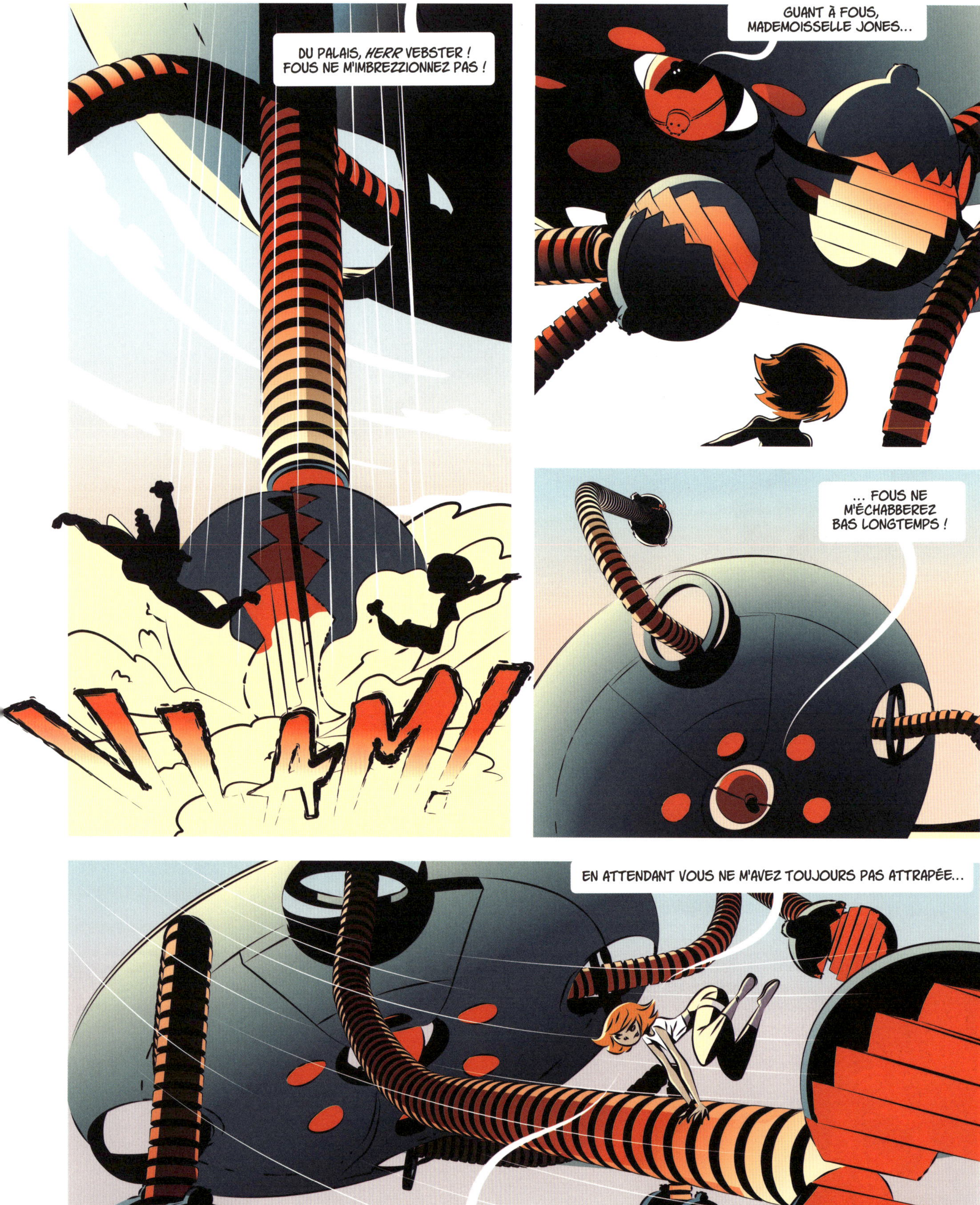

DU PALAIS, *HERR* VEBSTER ! FOUS NE M'IMBREZZIONNEZ PAS !
VLAM !
GUANT À FOUS, MADEMOISELLE JONES...
... FOUS NE M'ÉCHABBEREZ BAS LONGTEMPS !
EN ATTENDANT VOUS NE M'AVEZ TOUJOURS PAS ATTRAPÉE...
VOUS N'ÊTES PAS ASSEZ RAPIDE POUR ÇA !

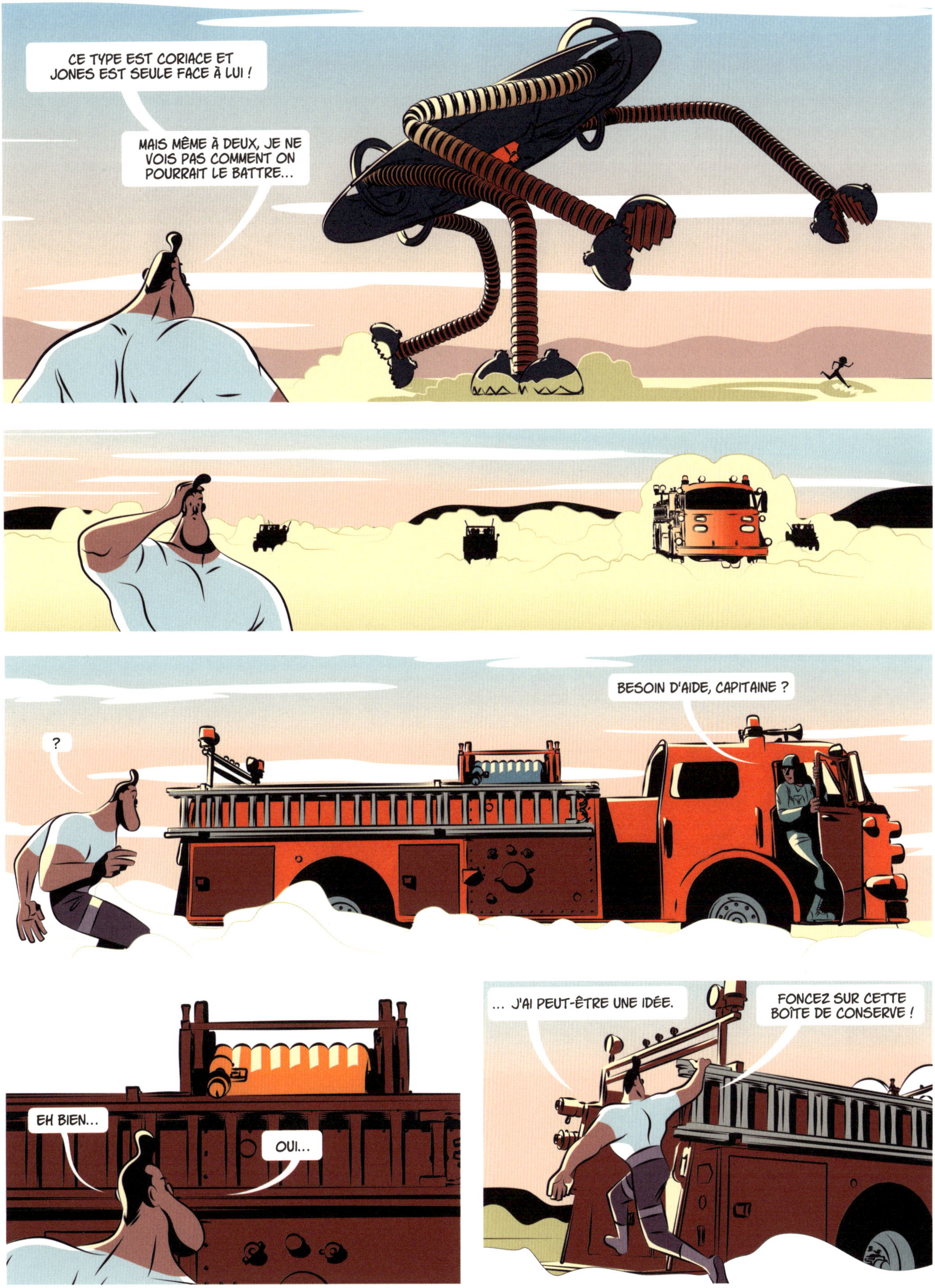
CE TYPE EST CORIACE ET JONES EST SEULE FACE À LUI !
MAIS MÊME À DEUX, JE NE VOIS PAS COMMENT ON POURRAIT LE BATTRE...
?
BESOIN D'AIDE, CAPITAINE ?
EH BIEN...
OUI...
... J'AI PEUT-ÊTRE UNE IDÉE.
FONCEZ SUR CETTE BOÎTE DE CONSERVE !

FOUS ÊTES GOINZÉE, MADEMOISSELLE JONES…
… DANS UNE IMBASSE… GOMME DOUS LES AMÉRIGAINS, FOUS AFEZ REVUSÉ VODRE DESDIN AUX GÔDÉS DU DROISIÈME REICH !

NOUS N'AVONS RIEN À VOIR AVEC LES RÉGIMES DICTATORIAUX…

JA, JA, CH'AI DÉCHÀ ENDENDU ZA… MAIS FOUS FOUS DROMBEZ, BEDIDE MADEMOISSELLE…
EN AMÉRIGUE AUZZI, FOUS FOUS MÉVIEZ DES RAZES INFÉR…
GUOI, ENGORE ?
?
TÛÛÛÛTT VROOUUM

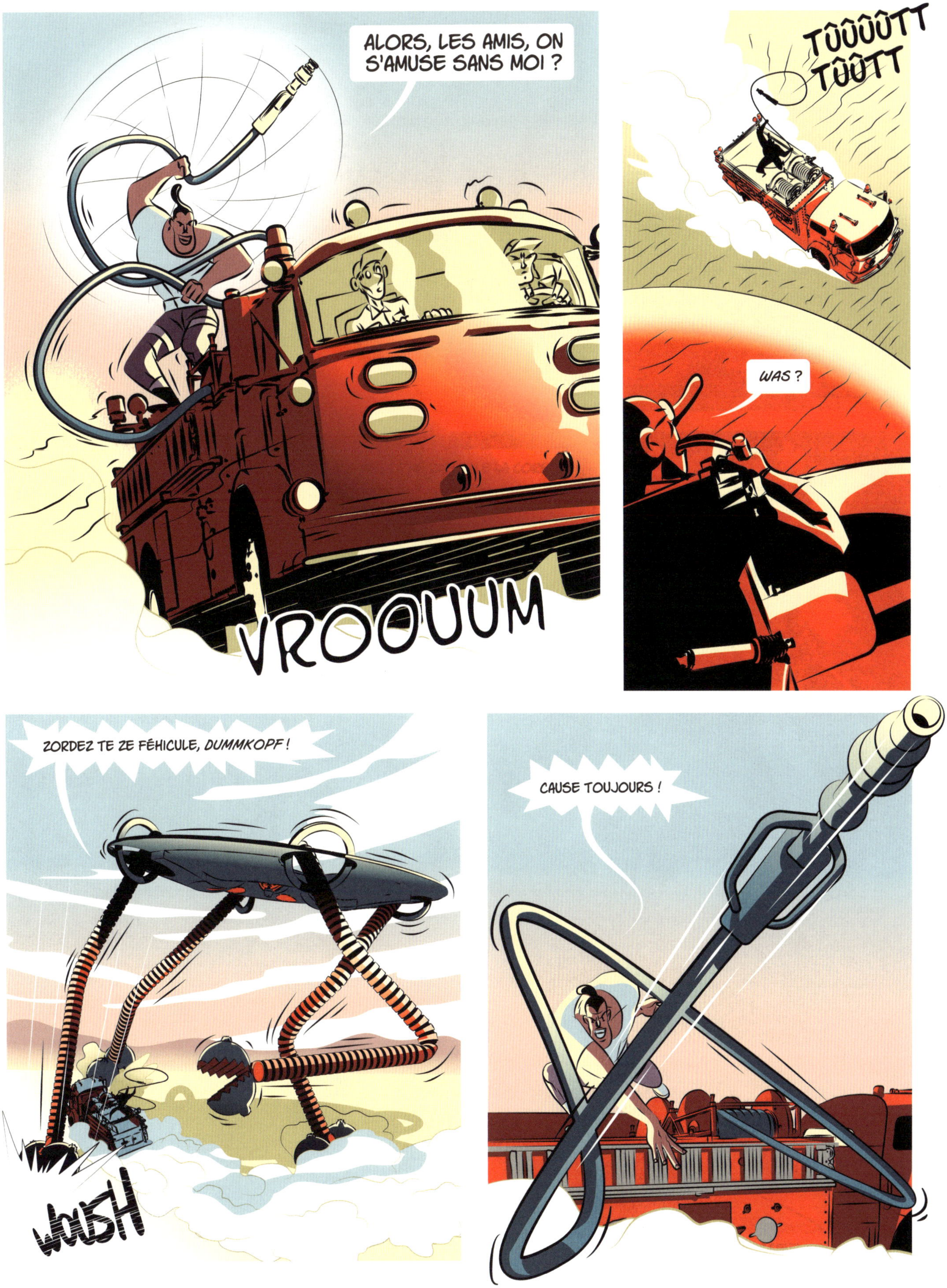
ALORS, LES AMIS, ON S'AMUSE SANS MOI ?
VROOUUM
TÛÛÛÛTT
TÛÛTT
WAS ?
ZORDEZ TE ZE FÉHICULE, *DUMMKOPF* !
WOUSH
CAUSE TOUJOURS !

KLANG
FOUS FOUS ACHITEZ EN FAIN !
ZE GUE FOUS FAITES NE ZERT À...
... RIEN...?!?!
WAS ?!
NEIN !!!
CHKLANG

BLAMF
ÇA, JE SENS QU'IL VA FALLOIR LE BREVETER !
JE ME DEMANDE COMMENT ON POURRAIT ADAPTER LA MANŒUVRE POUR UN AVION DE CHASSE !
CETTE FOIS, IL EST AU TAPIS !
ACH ! *NEIN* ! BAS ENGORE !
FAITES ATTENTION, CAPITAINE ! IL N'EST PEUT-ÊTRE PAS À BOUT DE RESSOURCES !

QUAND JE L'AURAI SORTI DE SA BOÎTE À SARDINES, KRUGER FERA MOINS LE MALIN !
NE VAITES PAS LE VANVARON ! FOUS FAITES GOMME MOI BARTIE DE LA RAZE DES ZEIGNEURS !
QU'EST-CE QUE VOUS RACONTEZ, ENCORE ?
FOUS VAITES BARTIE DES FAINQUEURS ! BARDAGEZ AFEC MOI LA DETHNOLOCHIE GUI EST GACHÉE DANS ZETTE BASE.
ENSEMBLE, L'ALLEMAGNE *UND* L'AMÉRIGUE BOURRAIENT RÉGNER ZUR LE MONDE !
ABRÈS DOUT, FOTRE PAYS ZAIT GOMMENT DRAIDER LES RAZES INVÉRIEURES. ELLES ONT DES BLACES AZZIGNÉES TANS LES BUS...
... ET CH'AI MÊME ENDENDU DIRE GUE LES ZOLDATS DE GOULEUR AFAIENT DES RÉSERFES DE ZANG ZÉPARÉES, EN GAS DE TRANSVUSION.
FOUS ÊTES GOMME M...
ÇA SUFFIT ! C'EST FAUX !

JE NE SUIS...
... PAS...
... COMME...
... VOUS !
CRAK

WALLACE ! ARRÊTEZ !
IL A EU SON COMPTE.
NON !
?
JE NE SUIS PAS... COMME LUI...
MAIS...? WALLACE, QUE FAITES-VOUS ?
JE VOUS DIS, JONES...
?
WAS ? NEIN !!!
CRACK

… QUE JE NE SUIS PAS… COMME LUI…
JE SAIS, CAPITAINE, MAIS…
ALLEZ-Y ! ENVOYEZ LA PRESSION !
NEIN ! NEIN !!!
CHIIIT
KREAAAAK
CHIIIT
KREAAAAACK
TCHIT
CHIIT

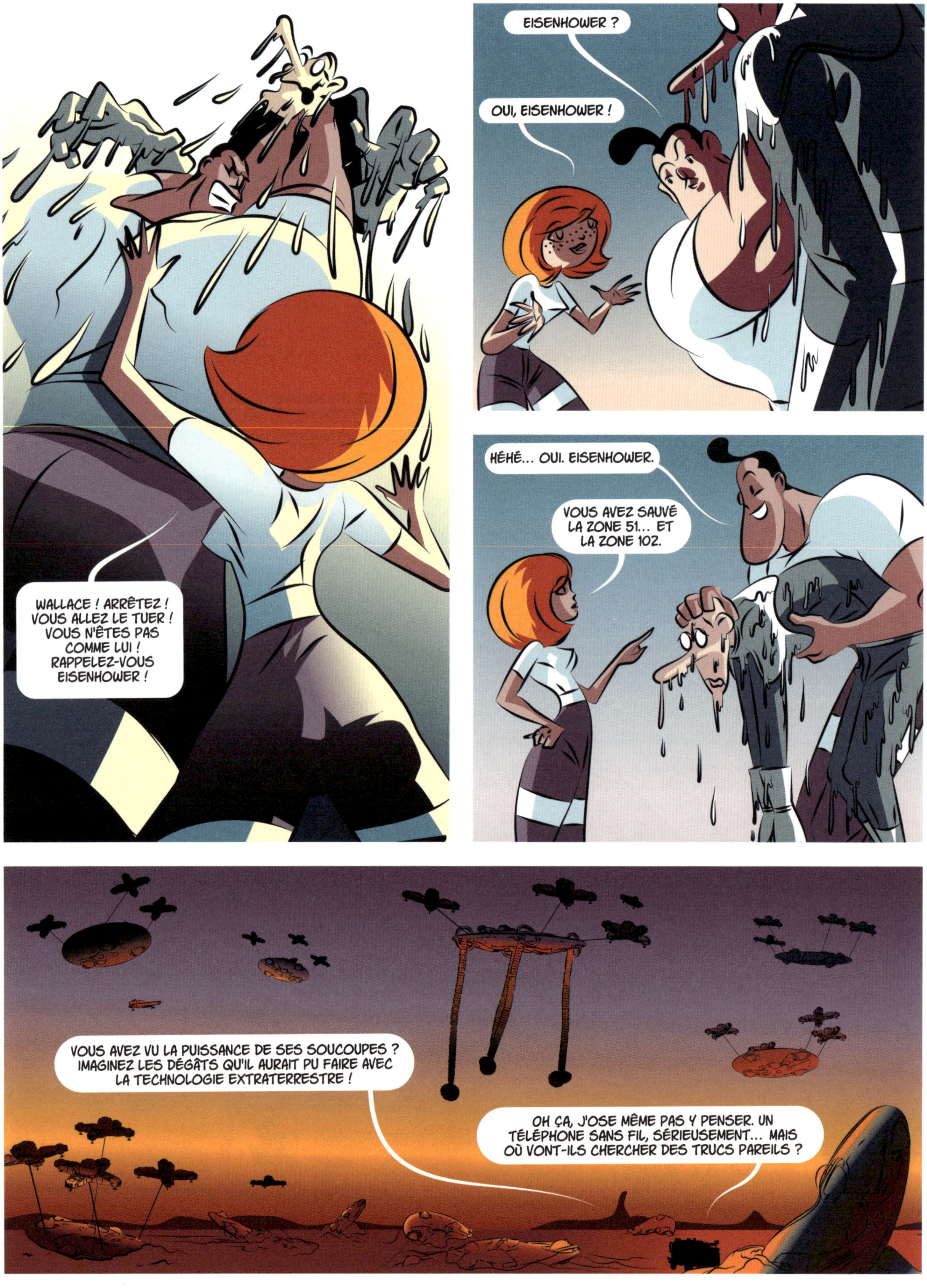
WALLACE ! ARRÊTEZ ! VOUS ALLEZ LE TUER ! VOUS N'ÊTES PAS COMME LUI ! RAPPELEZ-VOUS EISENHOWER !
EISENHOWER ?
OUI, EISENHOWER !
HÉHÉ... OUI. EISENHOWER.
VOUS AVEZ SAUVÉ LA ZONE 51... ET LA ZONE 102.
VOUS AVEZ VU LA PUISSANCE DE SES SOUCOUPES ? IMAGINEZ LES DÉGÂTS QU'IL AURAIT PU FAIRE AVEC LA TECHNOLOGIE EXTRATERRESTRE !
OH ÇA, J'OSE MÊME PAS Y PENSER. UN TÉLÉPHONE SANS FIL, SÉRIEUSEMENT... MAIS OÙ VONT-ILS CHERCHER DES TRUCS PAREILS ?

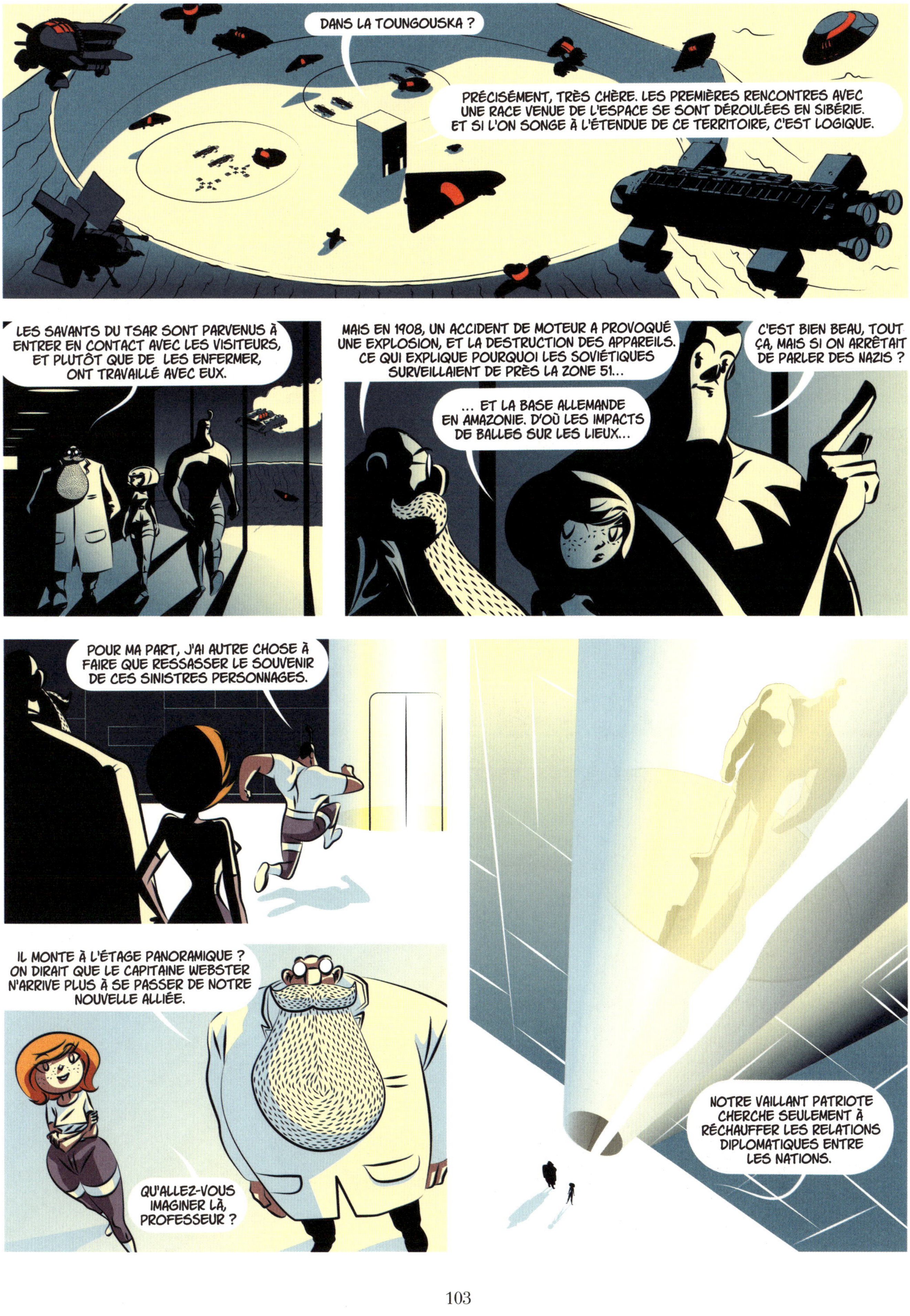
DANS LA TOUNGOUSKA ?
PRÉCISÉMENT, TRÈS CHÈRE. LES PREMIÈRES RENCONTRES AVEC UNE RACE VENUE DE L'ESPACE SE SONT DÉROULÉES EN SIBÉRIE. ET SI L'ON SONGE À L'ÉTENDUE DE CE TERRITOIRE, C'EST LOGIQUE.
LES SAVANTS DU TSAR SONT PARVENUS À ENTRER EN CONTACT AVEC LES VISITEURS, ET PLUTÔT QUE DE LES ENFERMER, ONT TRAVAILLÉ AVEC EUX.
MAIS EN 1908, UN ACCIDENT DE MOTEUR A PROVOQUÉ UNE EXPLOSION, ET LA DESTRUCTION DES APPAREILS. CE QUI EXPLIQUE POURQUOI LES SOVIÉTIQUES SURVEILLAIENT DE PRÈS LA ZONE 51...
... ET LA BASE ALLEMANDE EN AMAZONIE. D'OÙ LES IMPACTS DE BALLES SUR LES LIEUX...
C'EST BIEN BEAU, TOUT ÇA, MAIS SI ON ARRÊTAIT DE PARLER DES NAZIS ?
POUR MA PART, J'AI AUTRE CHOSE À FAIRE QUE RESSASSER LE SOUVENIR DE CES SINISTRES PERSONNAGES.
IL MONTE À L'ÉTAGE PANORAMIQUE ? ON DIRAIT QUE LE CAPITAINE WEBSTER N'ARRIVE PLUS À SE PASSER DE NOTRE NOUVELLE ALLIÉE.
QU'ALLEZ-VOUS IMAGINER LÀ, PROFESSEUR ?
NOTRE VAILLANT PATRIOTE CHERCHE SEULEMENT À RÉCHAUFFER LES RELATIONS DIPLOMATIQUES ENTRE LES NATIONS.

AH, CAMARADE CAPITAINE...
... VOUS VOILÀ ! BON VOYAGE RETOUR ?
EXCELLENT TRAVAIL DANS NEVADA. VOUS SAUVER GRANDE MÈRE PATRIE !
J'AI SAUVÉ LA RUSSIE ?
NIET, CAMARADE ! PAS MÈRE PATRIE À RUSSES SEULEMENT... MAIS MÈRE PATRIE À VOUS AUSSI ! MÈRE À NOUS TOUS ! VOUS SAUVER PLANÈTE MÈRE !
"*SPASSIBO*, CAMARADE ! *SPASSIBO* !"